浙江省非物质文化遗产代表作丛书

浙江摄影出版社

吴一舟　陶琳　沈少英　编著

总　序

浙江省人民政府省长　夏宝龙

　　非物质文化遗产是人类历史文明的宝贵记忆，是民族精神文化的显著标识，也是人民群众非凡创造力的重要结晶。保护和传承好非物质文化遗产，对于建设中华民族共同的精神家园、继承和弘扬中华民族优秀传统文化、实现人类文明延续具有重要意义。

　　浙江作为华夏文明的发祥地之一，人杰地灵，人文荟萃，创造了悠久璀璨的历史文化，既有珍贵的物质文化遗产，也有同样值得珍视的非物质文化遗产。她们博大精深，丰富多彩，形式多样，蔚为壮观，千百年来薪火相传，生生不息。这些非物质文化遗产是浙江源远流长的优秀历史文化的积淀，是浙江人民引以自豪的宝贵文化财富，彰显了浙江地域文化、精神内涵和道德传统，在中华优秀历史文明中熠熠生辉。

　　人民创造非物质文化遗产，非物质文化遗产属于人民。为传承我们的文化血脉，维护共有的精神家园，造福子孙后代，我们有责任进一步保护好、传承好、弘扬好非物质文化遗产。这不仅是一种文化自觉，是对人民文化创造者的尊重，更是我们必须担当和完成好的历史使命。对我省列入国家级非物质文化遗产保护名录的项目一项一册，编纂"浙江省非物质文化遗产代表作丛书"，就是履行保护传承使命的具体实践，功在当代，惠及后世，有利于群众了解过去，以史为鉴，对优秀传统文化更加自珍、自爱、自觉；有利于我们面向未来，砥砺勇气，以自强不息的精神，加快富民强省的步伐。

党的十七届六中全会指出，要建设优秀传统文化传承体系，维护民族文化基本元素，抓好非物质文化遗产保护传承，共同弘扬中华优秀传统文化，建设中华民族共有的精神家园。这为非物质文化遗产保护工作指明了方向。我们要按照"保护为主、抢救第一、合理利用、传承发展"的方针，继续推动浙江非物质文化遗产保护事业，与社会各方共同努力，传承好、弘扬好我省非物质文化遗产，为增强浙江文化软实力、推动浙江文化大发展大繁荣作出贡献！

前 言

浙江省文化厅厅长 杨建新

　　"浙江省非物质文化遗产代表作丛书"的第二辑共计八十五册即将带着墨香陆续呈现在读者的面前,这些被列入第二批国家级非物质文化遗产保护名录的项目,以更加丰富厚重而又缤纷多彩的面目,再一次把先人们创造而需要由我们来加以传承的非物质文化遗产集中展示出来。作为"非遗"保护工作者和丛书的编写者,我们在惊叹于老祖宗留下的文化遗产之精美博大的同时,不由得感受到我们肩头所担负的使命和责任。相信所有的读者看了之后,也都会生出同我们一样的情感。

　　非物质文化遗产不同于皇家经典、宫廷器物,也有别于古迹遗存、历史文献。它以非物质的状态存在,源自于人民的生活和创造,在漫长的历史进程中传承流变,根植于市井田间,融入百姓起居,是它的显著特点。因而非物质文化遗产是生活的文化,百姓的文化,世俗的文化。正是这种与人民群众血肉相连的文化，成为中华传统文化的根脉和源泉，成为炎黄子孙的心灵归宿和精神家园。

新世纪以来，在国家文化部的统一部署下，在浙江省委、省政府的支持、重视下，浙江的文化工作者们已经为抢救和保护非物质文化遗产做出了巨大的努力，并且取得了丰硕的成果和令人瞩目的业绩。其中，在国务院先后公布的三批国家级非物质文化遗产名录中，浙江省的"国遗"项目数均名列各省区第一，蝉联三连冠。这是浙江的荣耀，但也是浙江的压力。以更加出色的工作，努力把优秀的非物质文化遗产保护好、传承好、利用好，是我们和所有当代人的历史重任。

编纂出版"浙江省非物质文化遗产代表作丛书"，是浙江省文化厅会同财政厅共同实施的一项文化工程，也是我省加强国家级非物质文化遗产项目保护工作的具体举措之一。旨在通过抢救性的记录整理和出版传播，扩大影响，营造氛围，普及"非遗"知识，增强文化自信，激发全社会的关注和保护意识。这项工程计划将所有列入国家级非物质文化遗产保护名录的项目逐一编纂成书，形成系列，每一册书介绍一个项目，从自然环境、起源发端、历史沿革、艺术表现、传承谱系、文化特征、保护方式等予以全景全息式的纪录和反映，力求科学准确，图文并茂。丛书以国家公布的"非遗"保护名录为依据，每一批项目编成一辑，陆续出版。本辑丛书出版之后，第三辑丛书五十八册也将于"十二五"期间成书。这不仅是一项填补浙江民间文化历史空白的创举，也是一项传承文脉、造福子孙的善举，更是一项需要无数人持久地付出劳动的壮举。

在丛书的编写过程中，无数的"非遗"保护工作者和专家学者们为之付出了巨大的心力，对此，我们感同身受。在本辑丛书行将出版之际，谨向他们致上深深的鞠躬。我们相信，这将是一件功德无量的大好事。可以预期，这套丛书的出版，将是一次前所未有的对浙江非物质文化遗产资源全面而盛大的疏理和展示，它不但可以为浙江文化宝库增添独特的财富，也将为各地区域发展树立一个醒目的文化标志。

时至今日，人们越来越清醒地认识到，由于"非遗"资源的无比丰富，也因为在城市化、工业化的演进中，众多"非遗"项目仍然面临岌岌可危的境地，抢救和保护的重任丝毫容不得我们有半点的懈怠，责任将驱使着我们一路前行。随着时间的推移，我们工作的意义将更加深远，我们工作的价值将不断彰显。

2012年5月

目录

　　杭州历史悠久，源远流长。跨湖桥文化遗址和良渚文化遗址表明，早在新石器时代，这一带就有人类活动。先秦时期，杭州地处吴、越国交界。公元前222年，秦设钱唐县，始有建制。历经汉、晋、南北朝，渐趋兴盛。隋开皇九年（589年）始称"杭州"。五代吴越国在杭州建都，入北宋，号称"东南名郡"。南宋定都杭州，经济、文化空前繁荣。历元、明、清，始终为东南沿海地区的大都市，素有"鱼米之乡"、"丝绸之府"之称，又因它拥有西湖景区而举世闻名。

　　西湖传说主要流传于杭州市范围内，尤以西湖周边地区为甚。由于民间故事的扩布性特征，随着人口流动，尤其是旅游事业的迅猛发展，西湖传说中的一些精品已流向全国各地，甚至在海外也产生了巨大影响。

六桥烟柳

　　西湖传说以名山、名水、名人为主要特征，尤以白蛇传传说、梁祝传说、济公传说、苏东坡传说、岳飞传说、于谦传说和一大批名胜传说最为著名。山水名胜因传说故事而增添其历史文化内涵，更加引人入胜，传说故事因山水名胜而更加美丽生动，二者相得益彰。

　　我们的祖先在开发西湖的同时，便已陆续出现了相关的民间故事讲述活动。口头故事日积月累，犹如滚雪球一般，终于成为一个令人

云峰四照

瞩目的庞大故事群。历代文人对于流传在杭州一带的民间故事也发生了浓厚的兴趣，他们用各种方式记录、撰写或改编这些民间故事。相应的文本散见于历代典籍，由此可见西湖传说的历史渊源。

东汉袁康、吴平《越绝书》卷十四《越绝德序外传记》，赵晔《吴越春秋》卷五、卷十都记载了伍子胥传说以及他死后成神的传说。南朝宋刘义庆《幽明录》中有孙权之祖父孙钟种瓜的传说。南朝梁吴均《续齐谐记》中有钱塘名医徐秋夫治鬼病的传说。

造钱塘传说，见于晋刘宝《钱塘记》，原书已佚。北魏郦道元《水经注》卷四十有载。后世地方文献屡有移录。东晋干宝《搜神记》卷二十

浙江秋涛

《董昭之》是典型的动物报恩故事，学界一般称之为"蚁王报恩"型。其中"三生石"故事名闻遐迩，三生石即在西湖。此故事文本最早见于唐袁郊《甘泽谣·圆观》，又见于

宋赞宁《宋高僧传》卷二十。

钱镠传说，宋文莹《湘山野录》，范坰、林禹《吴越备史》，毕仲询《幕府燕闲录》，袁褧《枫窗小牍》及元盛如梓《庶斋老学丛谈》、刘一清《钱塘遗事》等文人笔记有载。地方志中则可查询宋潜说友《咸淳临安志》、清乾隆年间《浙江通志》等。

小康王传说，较早见于宋末元初无名氏《新刊大宋宣和遗事》，此后明张岱《西湖梦寻》卷四、田汝成《西湖游览志余》卷三，清吴炽昌《客窗闲话》等文人笔记、《西湖二集》等通俗小说均有详细记述。

苏东坡传说，宋元时已入典籍，明清时生发敷衍，一直绵延至今。元陶宗仪《说郛》转引《桃源手听》，记《东坡题扇》即为一例。宋何薳《春渚纪闻》卷六又有《东坡事实》。宋施德操《北窗炙輠录》卷上、庄绰《鸡肋编》卷下、费衮《梁溪漫志》卷四、皇都风月主人《绿窗新话》卷上，元林坤《诚斋杂记》卷下等均有精彩记述。通俗小说中，尤以明冯梦龙《醒世恒言·苏小妹三难新郎》、清古吴墨浪子《西湖佳话·六桥才迹》等最具影响。

岳飞传说，有宋周密《齐东野语》，明朱国祯《涌幢小品》、田汝成《西湖游览志余》，清褚人获《坚瓠集》、钱泳《履园丛话》、俞蛟《梦厂杂著》等笔记小说记载，清代杭州作家钱彩的章回小说《说岳全传》则影响更大。与

柳浪闻莺

岳飞传说密切相关的，还有奸臣秦桧的传说。岳珂《桯史》卷七、张端义《贵耳集》卷下均记"二胜环"传说，说当时的艺人敢于当面讽刺秦桧，给人们留下深刻印象。又有元刘一清《钱塘遗事》卷二所记《东窗事犯》，后来成为典故。许多典籍都有类似记载，通俗小说及戏曲的搬演更多，不一一列举。

宋元时期的文人笔记中，还有计有功《唐诗纪事》中的骆宾王传说，沈括《梦溪笔谈》中的林逋传说，后来也成为西湖传说的一部分。

葛岭朝暾

人鬼恋故事中，值得一提的有《京本通俗小说·碾玉观音》，后又载入冯梦龙的《警世通言》。此外，还可以提到苏小小传说。宋人笔记中，有何薳《春渚纪闻》卷七、李献民《云斋广录》卷七等。明田汝成《西湖游览志余》卷十六，辑前人载籍综合撰写，情节渐趋完整。明瞿佑《剪灯新话》卷四《绿衣人传》所记，也是明代在西湖一带广为流传的人鬼恋故事。田汝成《西湖游览志余》卷二十六也有类似记述，明传奇《红梅记》又加以改编。20世纪60年代，孟超据此改编为昆剧《李慧娘》，轰动一时。

于谦传说，散见于明郎瑛《七修类稿》、田艺蘅《留青日札》、余永麟《北窗琐语》、张岱《西湖梦寻》及《快园道古》，清许秋坨《闻见异辞》、梁绍壬《两般秋雨庵随笔》等文人笔记。方志则以田汝成《西湖游览志余》所记最为详尽。

济公传说，大约在明代即已盛传。田汝成《西湖游览志余》卷二十："若红莲、柳翠、济癫、雷峰塔、双鱼扇坠等记，皆杭州异事，或近世所拟作者也。"即指此。明张岱《西湖梦寻》卷四、清徐逢吉《清波小志》卷下、梁章钜《归田琐记》卷七所记，即后世颇负盛名的《济公化缘》、《运木古井》等故事。通俗文学中，明代杭州人沈孟桦《钱塘灵隐济癫禅师语录》出现较早，清代又有康熙刊本《济公全传》三十六回、乾隆刊本《济癫大师醉菩提全传》二十

南屏晚钟

回、乾隆刊本《济公传》十二卷、光绪刊本《绣像评演济公活佛传》三集二十八卷二百八十回、宣统刊本《济公续集》一百二十卷一千二百回等，声势之大，令人瞩目。《西湖佳话》则有《南屏醉迹》一篇，专述济公传说。时至今日，通俗小说、电视剧搬演济公题材，则众所周知，不再赘述。

地方风物传说是西湖民间故事中的又一亮点。宋代《咸淳临安志》记载颇详，卷二十九有《烟霞洞罗汉》，绵延至今。明代首推田汝成《西湖游览志》和《西湖游览志余》，诸如《玉泉寺》、《柳翠井》、《虎跑泉》等

玉带晴虹

篇，至今盛传不衰。

幻想故事与生活故事，明清时蔚然成风。清袁枚《子不语》、俞樾《右台仙馆笔记》是这个时期里记载西湖民间故事较多的两种笔记。通俗小说则有前面已经提到的"三言两拍"、《西湖二集》、《西湖佳话》等。其中《乐和投江》便是一例。

还要提到著名的白蛇传传说和梁祝传说。作为中国古代四大爱情传说中的佼佼者，它们都曾广为流传，并与西湖山水结下不解之缘。白蛇传传说的早期文本，主要有南宋时的话本《西湖三塔记》、明冯梦龙《警世通言·白娘子永镇雷峰塔》、清方成培《雷峰塔传奇》。此外，明田汝成《西湖游览志余》卷二、卷三，徐逢吉《清波小志》卷下，陆次云

玉泉鱼跃

《湖壖杂志·雷峰塔》等相关文本也一向受人瞩目，白蛇传传说与西湖的密切关系，由此可见一斑。梁祝传说的早期文本记载大多与西湖无关。不过至迟在明清戏曲、宝卷

雷峰西照

和各种唱本中，已经出现了梁祝在杭城求学的情节。

1928年秋至1937年秋，中国民俗学和民间文艺学的创始者和奠基者之一钟敬文曾在杭州工作。在此期间，他和钱南扬、娄子匡等人发起成立中国民俗学会。相关的学术活动，对于西湖传说故事的采录和研究无疑是一种强有力的推动。

1959年起，杭州市文化局组织力量发起采集杭州西湖的民间故事，当时共得到各类故事近四百篇。"文化大革命"期间中断，许多民间文学工作者横遭批斗。"文化大革命"后，又经整理，1978年由浙江人民出版社出版，在海内外产生巨大影响。在《中国民间故事集成》的普查和编辑工作中，西湖传说的采集又有进一步发展，一大批民间故事讲述人被发现，许多口头作品的记录稿被分别收入《中国民间故事集成》浙江省卷、杭州市卷以及杭州市所属各区卷。此外，各种文本的编印、出版络绎不绝，越来越多的西湖传说故事在民众中不胫而走。

然而，随着现代化进程的迅速推进，在现代传媒和强势文化的猛烈冲击下，民间传说故事的生存环境受到威胁。许多故事讲述人年事已高，相继去世。这一代年轻人的兴趣大多有所转移，民间已很难见到当年讲故事的热闹场面，故事的传承出现断裂，西湖传说故事不可避免地出现了生存危机。

西湖全景

另一方面，从事民间故事搜集、整理和研究的人员也出现了断层现象。当年采集西湖传说故事的前辈已有多人去世，尚存少数几位也不再笔耕。年轻人对传说故事不熟悉，一时还接不上手，亟须培养和组织队伍。凡此种种，无不显示出抢救和保护这一宝贵的非物质文化遗产的急迫性。

当前，西湖传说已被列入国家级非物质文化遗产名录，这对西湖传说的保护、传承和发扬光大无疑是一件大好事。西湖传说的保护和推广计划正在有序地展开，相信经过若干年的努力，西湖传说不但会得到很好的保护和传承，还会借助当代的文化传播手段得以发扬光大，并为地方的社会、经济和文化发展发挥更大的作用。

西湖传说的历史渊源

西湖传说源远流长。历代文人对于流传在西湖一带的民间故事早已十分关注，并记入历代典籍之中，表现出其积淀之深厚，格外令人瞩目。文学艺术家们利用西湖传说为素材进行改编再创作，也涌现出了大量作品，一向脍炙人口。

西湖传说的历史渊源

　　"民间传说是劳动人民创作的与一定的历史人物、历史事件和地方古迹、自然风物、社会习俗有关的故事。"这是我国著名的民俗学家钟敬文先生对"民间传说"下的定义。这个定义同样可以帮助我们解释什么是西湖传说。由老百姓创作的与西湖相关的,故事主体可以是历史人物、历史事件,也可以是地方古迹、自然风物、社会习俗,这样的传说就是西湖传说。

钱王射潮

三潭印月

　　显然,西湖传说是主要流传于杭州市范围,内容涉及西湖和杭州的各类民间故事的统称。在此之前,西湖传说多被称作"西湖民间故事"。其中的一部分精品,则流向全国各地,乃至影响到了海外。

　　西湖传说以反映名山、名水、名人为其主要特征。关于历史人物的有钱镠传说、岳飞传说、苏东坡传说等;关于历史事件的有钱王射潮传说、康熙题匾传说、和尚戏乾隆传说等；关于地方古迹的有八卦田传说、飞来峰传说、三潭印月传说等；关于自然风物的有虎跑泉传说、造钱塘传说、三生石传说等；关

白堤

于社会习俗的有立夏吃乌米饭传说、端午插艾传说、出嫁坐花轿传说等。这些传说内容丰富多彩，充分体现了劳动人民的智慧和创造力。

西湖传说源远流长。历代文人对于流传在西湖一带的民间故事早已十分关注，并记入历代典籍之中，表现出其积淀之深厚，格外令人瞩目。文学艺术家们利用西湖传说为素材进行改编再创作，也涌现出了大量作品，一向脍炙人口。西湖名胜闻名遐迩，吸引着海内外广大游客。山水名胜因传说故事而增添其历史文化内涵，更加引人入胜；传说故事因山水名胜而形象生动，并随着旅游人群的流动而扩大它的播布范围，二者相得益彰。

[壹]西湖传说的起源

西湖传说作为一个地方性传说的集成，她又是如何产生的呢？关于这一点，顾颉刚先生在《两广地方传说集》一书的序文中曾提出过一个看法，可以作为地方传说起源的一个总的概述。顾先

《明珠》插图

生说："人们对于一切事物，都有作解释的要求，大而日月星辰，小而一木一石，都希望懂得它的来历，这是好奇心的驱使，这是历史兴味的发展。但一般人的要求解释事物和科学家不同，科学家要从旁静观，徐徐体察它的真实，一般人则只要在想象中觉得那种最美妙、最能满足自己和别人的情感，便是最好的解释。"

　　的确如此，民间传说的产生与人类的好奇心有着密切的联系，并展现出人们对于事物的看法、喜好和想象。比如当人们看到如此美丽的西湖时，理所当然就会很好奇它是怎样形成的，于是有人便想到了珍珠，而且是天上的珍珠，人们认为西湖是天上的珍珠掉落人间而形成，再经过一代代人对天上的珍珠如何掉落人间的阐释并口耳相传，才有了我们今天看到的西湖形成之传说——《明珠》。

　　当然，一个如此丰富的传说群的形成单单凭人们的好奇心和想象力是不够的，其最根本的来源应该还是现实的社会生活。另外，西湖的人文历史是西湖传说的内容依托，西湖周边的名胜古迹、风俗、特产是西湖传说得以长久流传的保证。

一、西湖传说是对西湖周边人们社会生活的能动反映

不可否认,任何一种文学形式都与社会生活有着千丝万缕的联系。西湖传说作为民间文学的组成部分,其反映的必然也是西湖周边人们的社会生活。当然,现实生活并不会自然地成为民间传说,而是居住、生活在西湖边的一代一代的人充分发挥想象力,以现实

岳飞像

生活为素材,进行艺术再加工,才有了我们今天看到、听到的西湖传说。因此,西湖传说是对西湖周边人们社会生活的能动反映,它所描述的有关人物、事件、时间、地点等都与现实生活有一定的联系,但并不与事实完全吻合,而是具有很多创作者主观的夸张、渲染以及幻想的内容。

西湖传说中有相当一部分内容是人物传说,比如钱镠传说、白居易传说、苏东坡传说、岳飞传说、乾隆传说,等等。设想如果历史上不曾出现过这些响当当的人物,我们今天所看到的西湖传说应该减色不少吧。而正是有了这些在当时老百姓口中就已经被津津乐道

东坡肉

2000年在慧因高丽寺遗址发掘
出土的苏东坡石像

的人物，有了这些人物所主导、所经历的历史事件，再加上老百姓在茶余饭后对这些历史人物、历史事件的渲染、夸张与想象，才有了如此丰富多彩的西湖人物传说。西湖传说中的又一重要组成部分是风物传说，包括名胜、物产、民俗等。金牛湖、白公堤、飞来峰、八卦田等，直到今天，这些风物仍然是人们时常挂在嘴边并特别愿意前往游赏的名胜古迹。而像西湖莼菜、西湖醋鱼、东坡肉、油炸桧等杭州特产，也依旧是老百姓桌上的家常菜。至于立夏吃乌米饭、端午要插艾等西湖周边的节日风俗习惯更是长盛不衰，代代相传。这些在西湖传说中占据了相当篇幅的名胜、物产或风俗传说，都与老百姓的生活息息相关，可以说是源于生活又不完全等同于生活，是对社会生活的能动反映。

二、西湖的人文历史是西湖传说的内容依托

杭州是一座有着悠久历史和灿烂文化的古城。萧山跨湖桥文化遗址和余杭良渚文化遗址表明，早在新石器时代，这一带已有人类繁衍生息。先秦时期，杭州属于"扬州之域"，地处吴、越交界，是吴越争霸的地方。公元前222年，秦设钱唐县，始有建制。此时，西湖尚未形成。

东汉时期，杭州农田水利兴修粗具规模，并从宝石山至万松岭修筑了第一条海塘，西湖开始与海隔断，成为内湖。历经三国、两晋、南北朝，渐趋兴盛。东晋咸和元年（326年），印度僧人慧埋在飞来峰下建造灵隐寺，随后又有方士葛洪等人在葛岭、韬光等处

宝石凤亭

葛岭雪景

炼丹、写书，传播宗教，西湖名山胜水渐次开拓。

隋开皇九年（589年），钱唐郡改称"杭州"，"杭州"之名第一次出现。唐长庆二年（822年），诗人白居易任杭州刺史，大规模浚治西湖，并筑堤建闸，以利农田灌溉。又继李泌之后重修六井。从这时起，西湖之名益彰于世。

五代吴越国建都于杭州，不被干戈，老百姓富庶安乐，杭州成为东南大郡。又，吴越国三代五王都笃信佛教，现在西湖周围的寺庙、宝塔、经幢和石窟等文物古迹大都是那个时期建就。

北宋时期，杭州有"地有湖山美，东南第一州"之称。元祐四年（1089年），著名诗人苏东坡担任杭州知州，再度疏浚西湖，用所挖取的葑泥堆成横跨南北的长堤（苏堤），上建六桥，堤边植桃、柳、芙蓉，使西湖更加美化。南宋偏安，定都在此，历时一百五十余年，杭州作为全国政治、经济、文化中心，显得愈加繁荣。元代以后，全国政治中心北移，但杭州仍是我国东南地区的重要城市之一，西湖更是与这个城市相生相伴，融为一体。

杭州源远流长的人文历史，使得西湖传说能源源不断地从中汲取养分，以历史为依托，用妙趣横生的语言来描述历史事件和历史人物，使之具有传奇色彩。比如钱王射潮传说，现在流传的版本是这样的：钱塘江的潮水很大，两岸的堤坝总是修好又被冲坍，不断地给附近的居民带来灾害。到唐末五代时，吴越王钱镠下定决心要把海堤修好，但工程真的很艰巨。钱王手下的人十分着急，便向钱王报告："大王，这海堤修不好是因为钱塘江里面有个潮神在跟我们作对，一等到我们把海堤修得差不多的时候，他就兴风作浪，鼓起潮头，把我们的海堤给冲坍啦。"钱王听了，两眼火星直冒，大吼道："呸！难道就让这个小小的潮神来胡作非为吗？"手下人没有一个敢吭声。钱王朝他们望望，知道他们没办法，想了一想，说道："好，让我自己去降伏他！到八月十八这一天，给我聚集一万名弓箭手到江边，我倒要去见见这个潮神！"原来八月十八是潮神的生日，这一天潮头最高，潮神会骑着白马跑在潮头上面。八月十八到了，钱塘江边搭起了一座大王台，钱王一早就到台上等潮神来，可是一万名弓箭手

钱王祠功德崇坊旧影

一下到不齐。原来弓箭手跑到江边，要经过宝石山，这个地方路狭，只能容一人走过，因此来得慢了。钱王怕耽误大事，立刻跳上千里驹，来到宝石山。他跑到山巅上向四面望了一下，只见山南边有条裂缝，就用两只脚在裂缝里用力一蹬，一下蹬开了一条大路。那些弓箭手就通过这条大路，很快到江边聚集了。从此，这里就叫做"蹬开岭"，钱王的大脚印子，今天还陷在石壁上面。钱王骑马回到江边大王台上，一万精兵排好了阵势，个个拿着弓箭，望着江水。沿岸百姓听说射潮神，都争着来观战助威。一会儿，潮水来了，潮神直向大王台冲来。钱王见了，大吼一声："放箭！"话音一落，他抢先一箭射了出去，万名精兵，万箭直射潮头。嗖嗖嗖地一下子射出了三万支箭，逼得潮神不敢冲过来，只好弯弯曲曲地朝西南逃走了。钱王用箭射走了潮神，直到今天，潮水一到六和塔旁边就平复了，江水弯弯曲曲地像个"之"字，故后来钱塘江又叫"之江"。

钱镠是五代吴越国的开创者，杭州临安人，出身贫苦，少年时曾贩盐为生，后投军，逐步扩张势力，终于建立吴越国。他在位期间，尊奉北宋朝廷，居安思危，发展农桑，民得安乐，在混战割据的局势下，使得吴越国富甲东南。特别是他修建钱塘江海堤和沿江的水闸，防止海水回灌，方便船只往来，得到百姓称颂。钱王射潮的传说就是依托钱王治理钱塘江的历史事实。射潮事件，在历史上也很有可能发生过，《吴越备史》、《钱塘遗事》、《西湖游览志余》等典籍都记载有此事，虽多以传说的形式进行叙述，但也存在这样的可能性：为表达帝王与民众同心抵抗大自然灾害的决心，钱王便象征性地对着潮头射了几箭，或者还有其他弓箭手参与，就像历代帝王亲耕籍田一样。在这个传说中，很显然，钱镠的作用被夸大，他已经不是一个普通的帝王，而是神话中的英雄了。

传说被称作"口传的历史"，也就是说传说是有历史可循的，只是有时在流传的过程中被添加了太多虚幻的成分，以至于本身存在的历史人物和历史事件会隐而不显，难以寻觅。但是，我们通过分析和考证，仍然可以发掘出有些传说的历史原型。西湖传说中的人物传说，很多都是历史上真有其人。如伍子胥死后成潮神的传说、孙权的祖父孙钟种瓜的传说、钱王出世及钱王射潮的

岳庙内岳飞坐像

伍子胥像

林和靖

传说、岳飞传说、苏东坡传说、林逋（和靖）梅妻鹤子的传说等。这些传说中的主人公，或是帝王将相，或是文士才子，在正史中有一定的记载，但很多都仅寥寥数语，篇幅不长。而当这些历史人物成为传说的主角时，其待遇就不一样了。老百姓在讲述这些人物事迹时，往往会尽其所能，采用夸张、变形的手法，以达到震撼的效果。

比如孙钟种瓜，三亩瓜地得一大瓜，送一白胡子老头吃。老头原是仙鹤所变，为报答一瓜之恩，本打算让孙钟后人统一天下，不过由于孙钟只闭眼走了三分之一的瓜地，孙权就只能和曹操、刘备三国鼎立了。虽说情节荒诞不经，但这个传说的核心却是依托于孙权和曹操、刘备三分天下这一史实的。正如钟敬文先生所认为的，从某种意义上来说，"任何传说都是有一定的历史意义的，因为它的产生都是有一定的历史现实作为依据的，就是说都脱离不了历史的条件，带有一定的历史性"。

三、西湖周边的名胜古迹、风俗、特产是西湖传说得以长久流传的保证

在西湖传说中，有很大一部分是解释各种名胜古迹、风俗习惯及地方特产来龙去脉的，一般被称为"风物传说"。比如"西湖十景"之一的三潭印月，民间传说有黑鱼精在西湖里兴风作浪，观音娘娘向如来佛借来供桌前的一只香炉，把黑鱼精镇压在西湖底下，只有三只香炉脚露出在湖面上，这三只香炉脚就是三潭印月的三座石塔。另有版本说是鲁班和他的妹妹把山上的大岩石凿成香炉，把黑鱼精压在了西湖底。两个版本内容虽然有所区别，但把三潭中的三塔想象成香

索萧山縣志謂尊出湘湖味脉他産其竇湘湖
無尊惜從西湖採去浸湘湖中一宿乃食肥耳
非産自湘湖也閒耕餘錄曰尊菜生松江華亭
谷武林西湖亦有之其味之美香粹滑柔暑如
魚髓蟹脂而輕芳逺勝其品無得當者

清代董棨作《莼菜》(选自《太平欢乐图》)

炉的三只脚这一点是相同的。因此，我们可以认为这个传说的产生源于人们观察到三塔的外形类似于香炉脚，然后用生动有趣的传说故事来演绎为什么三塔就是香炉的三只脚。

杭州地区的特产传说就更多了。像西湖莼菜、西湖醋鱼、武林神菊、天目笋干、鸡血石、东坡肉、油炸桧等，每种特产的背后都有一个让人津津乐道的传说故事。比如鸡血石的传说是这样的：很久以前，九华山上有一对漂亮的锦鸡，它们日出而飞，日落而归，相依为命。一日，锦鸡出去觅食，飞到了浙皖交界的上溪时，突然发现山脚溪坑边有个山洞，就飞了进去。它哪里晓得，洞里住着一条黑蛇精，看到洞口飞进来一只金光闪闪的锦鸡，黑蛇精口水直流。锦鸡发觉自己进了魔穴，想逃已经来不及了，只得暗暗做好搏斗的准备。这一

打就打了七七四十九天，锦鸡被黑蛇精咬伤，那红红的血滴遍了山上山下，把这一带的岩石都染红了。这些岩石十分好看，人们就称为"鸡血石"。还有的版本把传说中的主角锦鸡换成了凤凰，但是血洒山岩的情节是不会少的。

　　不管是名胜古迹、风俗习惯还是地方特产，在地方上都有着悠久的历史，并且一直存在着，但是关于它们的来历又往往缺乏必要的历史记载，这是历史的一种缺憾，却给传说提供了一个广阔的空间。虎跑泉是怎么来的，为什么这个泉要叫"虎跑泉"呢；立夏为什么要吃乌米饭，端午为什么要插艾；油条为什么又叫"油炸桧"；东

虎跑梦泉

坡肉是什么样的肉。在游览名胜古迹时，我们会问为什么；在欢度佳节、参加各种仪式时，我们也会问为什么；在吃地方小吃时，我们更会问为什么。这是人们的好奇心使然。为了满足人们的好奇心，地方风物传说油然而生。三潭印月中的三塔是镇压湖底黑鱼精的石香炉的三只脚；虎跑泉是老虎刨出来的；因为孙膑在立夏那天吃了乌糯米饭，并且吃乌糯米饭能祛风败毒，防止蚊虫叮咬，所以立夏要吃乌米饭；端午插艾可以避开瘟神；因为人们对害死岳飞的奸臣秦桧恨之入骨，所以把油里炸过的面团取名"油炸桧"；东坡肉是传说中苏东坡很爱做并且很爱吃的一道肉菜。

这些对于地方风物的解释并非想还原事物的本来面目，而只是提供给人们一个貌似真实可信的故事以满足人们对于常见事物名称及由来的一种好奇心。所以，从某种意义上来说，风物传说的产生很大程度上依赖于早已存在的名胜古迹、风俗习惯及地方特产，也就是说，历史悠久的名胜古迹、风俗习惯和地方特产是民间

清末时的岳飞墓园

传说的重要来源。又基于这种种地方风物的稳定性，使得风物传说一代一代地流传下来。

[贰]西湖传说的演变和发展

西湖传说源远流长。我们的祖先在开发西湖的同时，应该就陆续出现了相关的民间传说讲述活动。历代文人对于流传在西湖一带的民间传说早已十分关注，他们用各种方式记录、撰写或改编这些民间传说。相应的文本散见于历代典籍，我们将其中一部分钩沉出来，由此可见西湖传说的演变和发展。

一、汉晋时期：西湖传说的初创

最早见于记载的西湖传说是东汉袁康、吴平《越绝书》卷十四《越绝德序外传记》中关于伍子胥及他死后成神的传说："吴王将杀子胥，使冯同征之。胥见冯同，知为吴王来也。泄言曰：'王不亲辅弼之臣而亲众豕之言，是吾命短也。高置吾头，必见越人入吴也，我王亲为禽哉！捐我深江，则亦已矣！'胥死之后，吴王闻，以为妖言，甚咎子胥。王使人捐于大江口。勇士执之，乃由遗响，发愤驰腾，气若奔马；威凌万物，归神大海；仿佛之间，音兆常在。后世称述，盖子胥水仙也。"东汉赵晔的《吴越春秋》，唐陆广微的《吴地记》，宋吴淑的《事类赋注》、李昉等编著的《太平广记》中都有类似的记载。因此，至迟在东汉时期，伍子胥死后成为潮神的传说已在民间广泛流传并受到文人的重视而被记录下来。东汉时期，杭州吴山上建伍公庙，对其进行祭祀。后来，伍公庙屡毁屡建，但关于伍子胥的传说却一直流传下来。

汉晋时期的西湖传说，见于史籍记载的还有南朝宋刘义庆《幽明录》中孙权之祖父孙钟种瓜的传说，南朝梁吴均《续齐谐记》中钱塘名医徐秋夫治鬼病的传说，以及北魏郦道元《水经注》卷四十造钱塘传说等。通过梳理，我们可以发现，这一时期的西湖传说主要以神仙传说为主。伍子胥本系历史人物，因其生平事迹颇为奇特，民间便生发出种种关于他的传说，其中以他死后成为潮神的传说最为流行。另外，孙钟种瓜传说讲述的是司命君允孙氏后人"世世封侯，数世天子"以报食瓜之恩的故事，钱塘名医徐秋夫治鬼病的传说更是出现了鬼这一灵异事物。

西湖传说在初创时期以神仙传说为主，究其原因，与当时的时代风气有着密切的联系。汉晋时期，随着道家学说的广泛流布和民间道教的形成，有关神仙的幻想在民间影响日增，寄托神仙幻想和反映求仙学道活动的传说层出不穷。这种情形反映到文人笔下，便出现了像《搜神记》、《神仙传》等含有神仙传说成分或专述仙家之事的著作，据此也可推知民间对这类传说喜闻乐见的程度。所以，西湖传说在这一时期以神仙传说为主是由中华文化发展的大背景决定的。

另外，值得我们关注的是，在西湖传说初创时期还出现了造钱

钱江潮

钱镠像

塘这样的风物传说。文曰："《钱唐记》曰：防海大塘，在县东一里许，郡议曹华信家议立此塘，以防海水。始开，募有能致一斛土石者，即与钱一千。旬日之间，来者云集。塘未成而不复取，于是载土者皆弃而去。塘以成，故改名钱塘焉。"这里提到的《钱唐记》，为晋人刘宝所撰，原书已佚，这则传说保存在《水经注》里，讲的是华信的一个计策：一开始说要用钱来买土石，但当人们络绎不绝地运土石过来换钱时，却又食言。百姓没办法，只能把土石丢弃在海边回去了，海塘就这样造成了并取名叫"钱塘"。

我们暂且不讨论传说的内容是否合理，是否符合历史的实情，但就民间风物传说的出现而言，则表明了这样一个事实，即人们对于用生动的传说故事来解释某一地名的来历发生了浓厚的兴趣，这种兴趣直接导致了之后大量地方风物传说的产生。

二、唐、宋、元时期：西湖传说的繁荣

西湖传说发展到唐、宋、元时期，进入了繁荣期。这一时期，人物传说登上历史舞台且阵容日益扩大，宋元文人笔记及地方志中则出现了多种多样的风物传说，而四大民间传说之一的白蛇传传说文本也于唐宋年间发轫。

（一）阵容强大的人物传说

唐宋时期的西湖人物传说，包括帝王将相、高人雅士甚至平民百姓的传说，主角涉及社会的各个阶层。这个时期的帝王传说，比较活跃的是关于吴越国王钱镠的传说和南宋高宗（康王）逃难的传说。

钱镠的传奇经历在宋元时期的笔记和地方志中有所反映，比如成书于北宋神宗熙宁年间、作者为僧人文莹的《湘山野录》中就有《钱镠还乡》一文，讲述的是钱镠当上吴越国国王之后衣锦还乡的热闹场面。又，宋袁褧《枫窗小牍》中也有类似的记载。宋人毕仲询《幕府燕闲录》中有《填西湖》一文，说的是钱镠称王后曾有人建议他填西湖，以建府治。他说，百姓需借湖水灌溉田地，所以不仅不填湖，还大举疏浚。

钱王传说中最有气势的钱王射潮传说则最早见于宋人范坰、林

禹的《吴越备史》，主要内容在上文中已有叙述。总的来说，在大部分的钱王传说中，钱王的形象都是正面的。特别是在钱王射潮传说中，他已不是一个普通的帝王，而成为百姓心目中的英雄了。当然，也并非所有的传说都是赞扬钱镠的，比如《湘山野录》续录有《贯休投诗不改》一则，说的是诗僧贯休曾经写了一首诗送给钱镠，并希望能得到重用。诗中有"一剑光寒十四州"之句。钱镠很喜欢，又觉得不够气派，就派人对贯休说："改'十四'为'四十'就接见。"结果是放走了一个人才。这个传说在表现诗人品格气节的同时，从另一方面说也是对钱镠的一种讽刺。从钱王传说在宋元文人笔记中不断涌现的情况来看，不论对他称颂还是微有非议，我们大致可以推测出这些传说在民间流传之广。

关于南宋高宗（康王）逃难的传说，较早的文本见于大约成书于宋末元初的《新刊大宋宣和遗事》，讲述的是泥马渡康王的传说，具有典型的幻想情节。

与帝王传说相伴而生的是文臣武将的传说，西湖传说中比较典型的是岳飞传说和苏轼传说。

宋元时期许多典籍中都记载了岳飞的事迹，比如宋周密的《齐东野语》、陆游的《老学庵笔记》、徐梦莘的《三朝北盟会编》及元脱脱的《宋史》，从内容上看，基本以讲述史实为主，但部分叙述带有浓重的传说色彩。如《宋史》卷三六五《岳飞列传》的开头部分记

"岳飞出生"："（岳）飞生时，有大禽若鹄，飞鸣室上，以为名。未弥月，河决内黄，水暴至，母姚抱飞坐瓮中，冲涛及岸得免，人异之。"记录了岳飞出生时的种种奇异景象，应是采纳了一些民间传说材料。

苏东坡是四川眉山人，曾两度任杭州地方官。关于他的传说，宋元时期的文人笔记中多有记载。如宋何薳《春渚纪闻》卷六《东坡事实》，其中记"赝书换真书"一段，讲述的是一个赴汴京赶考的考生随身带了两大包货物，为了逃避关税，假冒这是苏东坡送给弟弟的礼物，偏偏路过杭州时被查获。苏东坡问清了缘由，不仅放他一马，还亲笔为他改写货物封皮，并修家书一封，确保他一路可以逃税。这个传说展现了苏轼在人们心目中的形象是豁达的、放荡不羁

苏东坡像

的，作为地方官对其子民是爱护有加的。另外，宋费衮《梁溪漫志》、庄绰《鸡肋编》、皇都风月主人《绿窗新话》，元陶宗仪《说郛》、林坤《诚斋杂记》等文人笔记中都有关于苏东坡的传说，在很大程度上可见民间流传之盛。

如果说忠臣因其忠而在百姓的茶余饭后形成一个个生动鲜明的传说故事，那么奸臣因其

苏东坡像

奸也会在民间留下臭名昭著的传说故事。比如说秦桧和贾似道就是南宋时期的两个祸国殃民的奸臣，现在依旧在杭城风头不减的两种小吃油炸桧和葱包桧就源自百姓对秦桧的憎恨之心，恨不得将其油炸、板烧。其实，早在宋元时期，关于奸相秦桧的传说就在民间广为流传了。如岳珂《桯史》卷七、张端义《贵耳集》卷下，均记"二胜环"（谐音为'二圣还'，"二圣"指宋徽宗、钦宗，均被金人俘去）传说。说当时的艺人敢于当面讽刺秦桧，给人们留下深刻印象。又有元刘一清《钱塘遗事》卷二所记《东窗事发》，后来成为典故，许多典籍都有类似记载。另一个南宋奸臣贾似道的传说，也在西湖一带盛传。宋周密《齐东野语》、佚名《三朝野史》，元蒋正子《山房随笔》、杨瑀《山居新话》、佚名《湖海新闻夷坚续志》中均有记载。

除了帝王将相这些对平民百姓来说带有神秘感的大人物在唐、宋、元时期成为西湖人物传说的主角之外，还有一些文人雅士、平民百姓，甚至小偷、歌伎的传说也活跃在西湖传说的大舞台上。这一时期最具感染力，其传说流传最广的文人雅士当数苏东坡。苏东坡为官清廉，在百姓中口碑甚好，其实更好的是他的文名及其性格的豁达和诙谐。元代会稽人林坤的《诚斋杂记》中有一则关于他和苏小妹对诗逗趣的传说，文曰："子瞻有小妹，善词赋，敏慧多辩。其额广而凸。子瞻尝戏之曰：'莲步未离香阁下，梅妆先露画屏前。'妹即应声曰：'欲叩齿牙无觅处，忽闻毛里有声传。'以子瞻多须髯，遂亦戏答之。时年十岁，闻者莫不绝倒。齐东野语，不足信。"文中苏轼与苏小妹用诗赋互相挖苦对方的容貌，用词生动精练，妙趣横生，读之确有让人"绝倒"之感。文末"齐东野语，不足信"七字则表明故事的来源并非可靠的历史记载而是民间传闻。

宋元时期的文人笔记中，还有计有功《唐诗纪事》中的骆宾王传说，沈括《梦溪笔谈》中的林逋传说，后来也成为西湖传说的一部分。除此以外，在这一时期的西湖人物传说中，对后世影响较大的有宋沈俶《谐史》卷一的《我来也》，记的是一个叫我来也的小偷的传说；宋人笔记中，何薳《春渚纪闻》卷七、李献民《云斋广录》卷七所记载的苏小小的传说，亦对后世影响深远。

西湖传说中的人物传说在唐、宋、元时期阵容日益扩大，上自帝王将相，下到平民百姓，都成为老百姓街头巷尾的谈资，有一部分经过当时文人的记录和改编，以文本的形式流传下来，更多的则通过一代代人的口耳相传，一直流传到现在。

（二）丰富多彩的地方风物传说

杭州西湖，历来以名山胜水而著称于世，久而久之，便衍生出无数与名胜古迹相关的风物传说。早在宋元时期，丰富多彩的西湖风物传说就出现在文人的笔记和地方志中，虽然当时对于传说的叙述还相对简略，但我们不难想象，早在文人记录之前，这些传说在民间就可能广泛流传了。

对西湖周边某个山峰、某个山洞或者某泓泉水的来历或得名的缘由作出解释的小故事，是比较典型的风物传说。比如月桂峰，《咸淳临安志》引僧遵式《月桂峰》诗序语"相传月中桂子尝坠此峰，生成大树，其华白，其实丹"，又采录另一说"天圣中，天降灵实于此山，状如珠玑，识者曰'此月中桂子也'"来解释月桂峰名称的来源。很明显，前一说中"相传"一词表明了所录内容的传说性质，而后一说甚至指明了事情发生的确切年代——北宋天圣年间，但从内容看，依旧未脱民间传说的范畴。

另外，关于虎跑泉来历的传说，至今仍是老一辈人津津乐道的故事。要说这个传说的源头，可以追溯到南宋周密的《武林旧

白堤野趣

事》，卷五《湖山胜概》"虎跑泉"条曰："旧传性空禅师居此，无泉，二虎跑地而出。东坡诗云：'虎移泉眼趁行脚，龙作浪花供抚掌。'"周密在解释虎跑泉名称的来历时，以"旧传"来表明内容的传说性质，而引苏轼《虎跑泉》诗，则说明这个传说至迟在北宋时期已在民间广泛流传并受到文人的关注。

　　另有一类西湖风物传说则与历史上的某个名人有关，往往是某一名人曾经到过某一山峰或某一洞穴，于是这一山峰或洞穴就有了一个与此人相关的名称。比如《咸淳临安志》卷二十五《山川》中对衣锦山、衣锦营、衣锦城的记载都与钱镠的衣锦还乡有关，甚至连钱镠小时候游戏时攀爬过的一棵大树，也被封为"衣锦将军"。用名人的行迹来附会某一风景，让这一风景名出有因并赋予它深厚的历史渊源是这类风物传说所要达到的主要目的。只是，传说毕竟是传说，是老百姓由幻想加工而成，往往经不起历史的推敲。

　　比如还是《咸淳临安志》中关于呼猿洞的记载："陆羽云：'宋僧智一，善啸，有哀怜之韵。尝养猿于山，闲临涧长啸，众猿毕集，谓之猿父。'又'遵式《白猿峰》诗序云：'西天僧慧理，蓄白猿于灵隐寺。'诗云：'引水穿廊走，呼猿绕槛跳。'涧侧有饭猿台，寺僧旧施食于此。'"文中提到的历史人物有两个，一个是宋僧智一，一个是灵隐寺的开山祖师慧理。到底呼猿洞名称的来历与哪个僧人有关呢？我们无从考证，也无需考证。因为，无论历史上有其事或无其

雕塑《白蛇传传说》

事，都不会影响老百姓对于传说的津津乐道，甚至口耳相传直到今天，这就是传说的生命力。

另外，四大民间传说之一的白蛇传传说，其早期文本可以追溯到南宋话本《西湖三塔记》。而流传至今的许仙、白娘子婚恋故事也是以南宋为背景，以其都城临安为情节展开的主要场所。这从一个侧面反映了唐、宋、元时期西湖民间传说的繁荣。

三、明清时期：西湖传说的充实丰满

明清时期的西湖传说，在继承前代的基础上，以自己的方式继续传播与发展着。一方面，旧的传说不断被重新加工、组合，情节更

加曲折，内容更加丰富；另一方面，生动活泼的现实生活又不断催生出新的传说，使西湖传说的家族越来越庞大。

改编和加工旧传说的现象，在明清之前也不同程度地存在着。但到了明清时期，这个现象有了更大的发展。比如关于虎跑泉的传说，在南宋周密的《武林旧事》中就有提到，但是非常简单，只用了一句话概括："旧传性空禅师居此，无泉，二虎跑地而出。"明初宋濂在《虎跑泉铭》中也讲述了此泉的来历，内容就详尽很多："唐元和十四年，性空大师来游慈山，乐其灵气盘郁，栖禅其中。寻以无水，将他之。忽神人跪而告曰：'自师之来，我等微惠者甚大，奈何弃去？南岳童子旋当遣二虎来移，师无忧也。'翌日，果见二虎跑山出泉，甘冽醇厚，纯净无菌，誉为'天下第三泉'。"这篇泉铭可以说是非常完整的虎跑泉来历的传说。不仅详细交代了时间是在唐元和十四年（819年），人物是性空大师，更有曲折的情节，说是性空大师看到慈山灵气盘郁，就决定在这里栖宿修行。不久，因为缺水要迁居别处，忽然有神仙跪告他说："自从大师您住在这里，我们都得到了好处，怎么又丢开这里走呢？南岳衡山有童子泉，我们会派两只老虎去移到这里来。"第二天就看见两只老虎跑山，接着泉水就流出，甜美清凉，不同寻常，被誉为"天下第三泉"。

另外，如岳飞传说，经历了宋元之后，在明清时期增添了许多新的内容。明田汝成《西湖游览志余》卷七《贤达高风》有关于岳飞事迹的详细记述，其中就采纳了很多传说的成分。清代褚人获《坚瓠集》中则记有禅师道月与岳飞的传说。还有一些文人笔记中记载着岳飞死后显灵或依附于某个风物的传说。这些由文人记载下来的关于岳飞的事迹，年代越后与传说的关系就越密切。清代仁和（今杭州）人钱彩更是在采纳史料和大量民间传说的基础上，经过改编，撰成章回小说《说岳全传》二十卷八十回，可见当时对岳飞这个人物的关注度。另外，当时的戏曲说唱舞台等也往往会搬演岳飞事迹，这些都与民间传说有着密不可分的联系。

更有一些原来与西湖无关的传说，在这一时期，以各种方式融入西湖传说中。特别是中国四大民间传说之一的梁祝传说，在早期文本中大多与西湖无关。不过，在明清戏曲、宝卷和各种唱本中，大多已经出现了梁祝在杭城求学的情节。反映出明清时期西湖传说不断自我丰满、发展壮大的情形。

明清时期，旧传说在发展壮大的同时，新的传说也不断涌现。比如于谦传说，散见于明郎瑛《七修类稿》、田艺蘅《留青日札》、余永麟《北窗琐语》、张岱《西湖梦寻》及《快园道古》，清许秋坨《闻见异辞》、梁绍壬《两般秋雨庵随笔》等文人笔记。方志则以田汝成《西湖游览志余》所记最为详尽。

济公传说，大约在明代即已盛传。田汝成《西湖游览志余》卷二十曰："若红莲、柳翠、济癫、雷峰塔、双鱼扇坠等记，皆杭州异事，或近世所拟作者也。"即指此。明张岱《西湖梦寻》卷四、清徐逢吉《清波小志》卷下、梁章钜《归田琐记》卷七所记，即后世颇负盛名的《济公化缘》、《运木古井》等故事。通俗文学中，明代杭州人沈孟桦《钱塘灵隐济癫禅师语录》出现较早，清代又有康熙刊本《济公全传》三十六回、乾隆刊本《济癫大师醉

《梁祝情梦》剧照

菩提全传》二十回、乾隆刊本《济公传》十二卷、光绪刊本《绣像评演济公活佛传》三集二十八卷二百八十回、宣统刊本《济公续集》一百二十卷一千二百回等。《西湖佳话》则有《南屏醉迹》一篇，专述济公传说。

冷谦传说比济公传说的知名度稍逊一筹，不过在历史上也曾出过风头。明都穆《都公谈纂》、刘玉《已疟编》、祝允明《九朝野记》、杨仪《高坡异纂》等笔记小说均有记述。通俗小说中，《西湖二集》卷二十五则有《吴山顶上神仙》。

这些文人笔下的传说，即中国早期的白话体小说，大多情节

曲折，奇幻色彩浓厚，人物形象丰满，具有鲜明的个性特征，可读性极强，受到人们的喜爱，最终成为这一时期在文学上的最高成就。但是，明清小说的出现及发展演变与宋元以来民间说书、讲唱及戏曲演出的发达是分不开的。换言之，正是民间说书、讲唱及戏曲演出的发展、繁荣才导致了明清小说的出现及繁荣。而明清小说的繁荣又进一步反作用于民间说书、讲唱及戏曲演出。这也是西湖传说在明清时期不断丰满的一个时代原因。

明清时期西湖传说的不断丰满还表现在，这一时期出现了一批以讲述西湖传说为主要内容的著作。最典型的是明代田汝成辑著的《西湖游览志》及《西湖游览志余》，记录了杭州西湖名胜、掌故传说，诸如《玉泉

济公故居陈西园内济公铜像

寺》、《柳翠井》、《虎跑泉》等篇，至今仍盛传不衰。另外，明末周清原著的《西湖二集》讲的是发生在西湖上的传说故事；张岱著于清康熙十年的《西湖梦寻》是一本关于西湖掌故的书；成书于清康熙十二年（1673年）、署名古吴墨浪子的《西湖佳话》亦是以西湖名胜为背景，历数葛岭仙迹、白堤政迹、六桥才迹、灵隐诗迹、孤山隐迹等与西湖名胜相关的人物传奇。

四、现当代：西湖传说的采录整理

民间口耳相传的西湖传说受到历代文人的重视，被他们用各种不同的方式记载下来，成为研究西湖传说发展和演变的材料。但是，这些文人笔下的传说、故事或者轶闻，都不是现代意义上的民间文学。对民间口头文学包括民间传说有组织、有计划地采录、整理和研究，兴起于五四运动时期。

1928年秋至1937年秋，中国民俗学和民间文艺学创始者和奠基者之一钟敬文在杭州工作。在此期间，他和钱南扬、娄子匡等人发起成立中国民俗学会。相关的学术活动，对于西湖传说的采录、整理和研究具有强有力的推动作用。

新中国成立后，这种以科学方法采录、研究民间文学的学术活动被纳入政府文化工作的范畴。在这样一种大的文化背景之下，从1959年起，杭州市文化局组织力量发起采集杭州西湖民间故事活动，当时共得到各类传说故事近四百篇。1978年，《西

湖民间故事》第一版出版，
收入《金牛湖》、《石香炉》、
《虎跑泉》等传说故事文本
三十四则。1979年第二版，
增加至四十九则。当时的出
版意图，主要收编西湖周围
的传说故事，尚有大量记录
文本未能收入。1980年以
来，随着采录工作的深入，
大量西湖传说故事被记录下
来，陆续在当时的各种媒体
发表。

南宋临安（今杭州）朝天门

　　由于《中国民间故事集成》普查和编纂工作的启动，更多的
西湖传说故事得以发现，并得到较为忠实的记录，后来陆续收
录在《中国民间文学集成·杭州市故事卷》、《中国民间故事集
成·浙江卷》，以及内部出版的西湖区、上城区、下城区、江干区、
拱墅区故事卷之中。这个时期采录和发表的西湖传说故事，大都
继承了历代西湖传说的传统，但是更加注重保持群众口述的原
貌，多了些有血有肉的东西。

中国民间故事集成

与白蛇传传说有关的书籍

西湖传说的代表性故事

在长期的发展和演变过程中，与西湖传说相关的民间故事层出不穷，几乎涵盖了民间故事的各种体裁、门类，内容极其丰富。

西湖传说的代表性故事

在长期的发展和演变过程中，与西湖传说相关的民间故事层出不穷，几乎涵盖了民间故事的各种体裁、门类，内容极其丰富，尤以下述几种最为引人注目：

1. 人物传说：这类传说中既有经典的钱镠传说、白居易传说、苏东坡传说、岳飞传说、康熙传说等名人传说，也有如《方百花点将》、《馒头战》、《棋盘阵》等讲述方腊起义、太平天国起义的故事，具有一定的史料价值。

2. 爱情传说：爱情传说往往与西湖风物紧密相连，显得格外亲切、动人，尤以白蛇传传说、梁祝传说最为突出。

《明珠》插图

3. 名胜传说：这类传说生动地诠释了西湖名胜的由来，表达杭州百姓对于历史的理解与评判。西湖山水的每一个景点，几乎都有精彩的民间故事传世。如《明珠》、《金牛湖》、《寻太阳》、《玉泉》、《飞来峰》、《吴山第一泉》、《瑞石》、《虎跑泉》等作品，一向脍炙人口，引人入胜。

4. 物产传说：这一类传说主要诠释杭州地区各类著名物产的由来，但往往与历史人物或名胜或某一历史事件相关联，使这些物产变得更富传奇色彩。如《鸡笼山竹》与《鲁妹造伞》解释

虎跑泉

了西湖绸伞的神秘由来，《打乌蛇》说的是张小泉剪刀诞生的传奇，还有《东坡肉》、《油炸桧》、《十八棵御茶》等，无不彰显出这种特点。

5. 民俗及其他传说：西湖民间故事包罗万象，涉及了传统社会生活的方方面面，精彩纷呈，令人目不暇接。有些传说充满了对劳动的尊重和对生活的热爱，如《蚕花娘子》讲述了养蚕生产的缘起；有些传说表达了劳动人民朴实的人生观，如《双井》；有些传说宣扬了传统的忠孝思想，如《望娘十八湾》。所有这些传说都生动地反映了历代劳动人民的生活。

当然，这样的分类仅仅是为了整理、研究的方便，不尽科学。事实上，大多数故事都横跨了不同的类别，在同一个故事中，很可能既是历史人物传说，也是名胜传说。如《苏堤的传说》，既是关于苏东坡的，又是关于苏堤来历的。以下所选取的各类代表性故事，同样如此。

需要进一步说明的是，本书选取的所谓代表性故事，并不一定是最著名、最耳熟能详的。如著名的白蛇传传说，由于关于它的整理和研究已经非常深入，老百姓也非常熟知，就不再选入了。为了能使读者更客观地了解西湖传说的全貌，所选取的代表性故事往往是既不特别有名也不冷僻的故事。同时，本书在附录中附上了绝大部分西湖传说故事，供读者查阅。

[壹] 人物传说

故事之一：苏堤的传说

那是北宋时候，著名诗人苏东坡第一次来到杭州当地方官。他坐船玩了西湖，觉得西湖比古代美女西施更美，便写下了"欲把西湖比西子，淡妆浓抹总相宜"这首绝妙好词。可是过了十八年，苏东坡再来杭州任知州时，发现西湖常年不治，湖泥淤塞，葑草芜蔓，十分感慨，认为"杭州之有西湖，如人之有眉目"，决定要学唐代诗人白居易，疏浚西湖，为杭州人做件好事。

苏轼像

疏浚西湖的告示张贴出来了，可苏东坡却被一件事难住了，疏浚出来的葑草湖泥堆放在何处呢？如果堆在西湖四岸，既妨碍交通，又污染环境；如果挑运到远处去，费工费时，何年何月才能将西湖疏浚好呢？愁得苏东坡三天三夜饭也吃不香，觉也睡不稳。第四天，他决定到西湖四周走走，看看如何更好地处理这件事。

苏东坡带上随从，骑马先到北山栖霞岭。一看这里是通灵隐、天竺的要道，堆放葑泥，显然不妥当。于是，想转到南山净慈寺去看看。他站在西泠渡口，望望对面的南山，正想喊渡船，却听到从柳林深处传来一阵渔歌声："南山女，北山男，隔岸相望诉情难。天上鹊桥何时落？沿湖要走三十三。"

苏东坡一听，心中一阵高兴，心想，这不是在向我献计献策吗？对，天上可架鹊桥，湖上难道不能修长堤吗？这样，既能解决湖上葑泥堆放场所的问题，又方便了南北两岸交通，真是一举两得啊！

苏东坡高兴地喊了一声："好！再到湖对岸去看看。"这时，从柳林中飞出一条小船，船头站着一个青年渔民，身打躬，手作揖，向苏东坡说："小民在此等候太守多时，快请上船吧！"

苏东坡又惊又喜，问道：

东坡笠屐图

"你何以知道我要来湖边？"那青年回答道："太守要疏浚西湖，自然要到湖边来亲自察看，因此特来恭候。"苏东坡说："好啊，那刚才的渔歌一定是你唱的啰！"小青年笑笑说："是啊，这就是我们西湖南北山小民的心愿啊！"

苏东坡乘上渔船，来到南山，柳林中又驶出一条小船，飞扬起一阵清脆的歌声："南山女，北山男，年龄大过二十三。两情相慕难诉说，牛郎织女把堤盼。"

苏东坡听了，哈哈大笑道："唱得好，唱得好。南山女，北山男，让我在湖上筑一条长堤，成全你们的好姻缘吧！"

要在西湖上筑堤的消息不胫而走，南北山的渔民、农民和城里市民都闻讯赶来，自愿出工出力。苏东坡说："谢谢乡亲们啦！连年旱涝成灾，你们生活困难。我已上报朝廷，决定拨一批大米，以工代赈。"乡亲们听说有粮可发，更加踊跃。

人多力量大。从夏到秋，几个月时间就在北山至南山间筑好了七段长堤，段与段间留了六处水道，只是由于银钱不足，暂时未能造桥。湖北岸一个青年樵夫想出了个好主意，砍了一批树木，拼成木板，造了六顶吊桥，平时吊桥拉起，让里外湖的船只往来通行，早晚把吊桥放下，让两岸乡亲通行。农民又自发在堤边种上桃树和柳树，一来保护堤岸，二来春天桃红柳绿，又为西湖添一美景。

后人为怀念苏东坡浚湖筑堤的政绩，就将这条南北长堤称为

"苏堤"。春日之晨，六桥烟柳笼纱，几声莺啼，报道苏堤春早。有民谣唱道："西湖景致六吊桥，一株杨柳一株桃。""西湖十景"中的苏堤春晓就此而得名。

（搜集整理：莫　高）

故事之二："尽忠报国"少一点

杭州西湖岳庙精忠园的照壁上，镌有四个朱红色斗大的字"尽忠报国"。仔细看去，那"国"字中少了一点。说起来，这里面还有一段慷慨悲壮的故事。

北宋末年，金兀术率兵大举入侵中原，占领了京城开封。金兵烧杀抢掠，京城十室九空，连徽、钦二帝也当了俘虏。中原百姓忍无可忍，纷纷从军，欲与金兵决一死战，以雪靖康之耻。

岳飞在国难当头时，立志从军杀敌。他母亲忠厚慈祥，能识大体，教育岳飞从小熟读经史。家贫无钱买书，她不惜卖了首饰，替岳飞买书籍纸笔；无钱买烛，又叫岳飞砍柴烧火，夜里借火光照明苦读。这次，岳飞要去投军，她特地在中堂摆下香案，焚香点烛，拜过天地祖宗，叫岳飞跪下，媳妇研磨。

岳飞听从母命，跪下问道："孩儿明日从军，娘亲有何嘱咐？"

岳母回答道："为娘愿你此去英勇杀敌，做个忠臣良将。今日要在你背上刺几个字，以表为娘教儿一片苦心。"

岳飞十分孝顺，忙将上衣脱下，露出背脊，说："娘亲说得有理，就与孩儿刺字吧！"

岳母提起笔来，先在岳飞背上写上四字，然后，将绣花针拿在手中，在他背上一刺，只见岳飞背上肌肉一抖，忙停针问道："我儿疼吗？"

"尽忠报国"照壁

岳飞回答道："娘亲刺也不曾刺，怎么问孩儿疼不疼？"

岳母禁不住流下泪水，道："我儿！你怕为娘手软，所以说不疼。"说罢，咬紧牙关，一针紧一针地刺去。刺完以后，涂上墨醋，永不退色。

岳母取过铜镜，问岳飞道："我儿，你看，为娘给你刺下什么字？"

岳飞对铜镜一照，只见背上闪烁着乌黑精亮的四个字"尽忠报国"。但是仔细一看，"国"字中却少了一点，不禁问道："娘亲，你刺的'尽忠报国'四字，孩儿至死不忘。但不知为何'国'字少了一点？"

岳母听了，拭泪回答道："只因金兵入侵，京城陷落，二帝被掳，如今国家无主呀！我儿要永记靖康之耻，早日恢复中原。"

岳飞点头回答："母亲教导，孩儿终身铭记在心。"

岳飞投军后，牢牢记住背上"尽忠报国"四字，带领岳家军奋起抗击金兵，一直打到朱仙镇，正准备直捣黄龙府。谁知奸臣秦桧在昏君赵构面前挑拨说，岳飞如将二帝迎还中原，将置皇上于何地？他得到昏君的默许，将岳飞召回杭州，打入死牢，并捏造岳飞有私通南蛮呀，欺挟天子呀，朋比结党呀，克扣军粮呀，虚冒战功呀等十大罪状，责令大理寺正卿周三畏严刑逼供岳飞。

岳飞在大理寺上脱下衣服，准备受刑，露出背上"尽忠报国"四字。周三畏一见，大为敬佩，只是对"国"字少一点不解。岳飞就将岳母刺字以及自己的一片报国忠心说与周三畏。周三畏叹道："这一点少得好！"他不忍屈害忠良岳飞，但又惧怕秦桧权势，只得挂印出走。

奸贼秦桧又让他的死党万俟卨充任大理寺正卿，严刑威逼岳飞招认十大罪状。他们在用刑时，发现岳飞背上"尽忠报国"四个大字。阴险毒辣的秦桧一见"国"字少一点，嘿嘿冷笑两声，把头一摆说："岳飞之罪足矣！"

秦桧偷偷地跑到宫里，对昏君赵构说："岳飞身为主帅，目无皇上。他背上刺了'尽忠报国'四个字，'国'字却少一点，就是说当今国家无主，一心迎接二帝还朝啊！"

秦桧这一番话，可刺到昏君赵构的心病啦。因为赵构生怕父兄还朝，令他失去皇帝宝座。但是，他又不敢加罪岳飞，只好佯称有病，不理朝政，一切国家大事任凭秦桧代行。秦桧也了解昏君心意，趁机以"莫须有"罪名将岳飞缢死在大理寺风波亭。

直到现在，少一点的"尽忠报国"四个字，还赫然镌刻在杭州岳庙精忠园照壁上，显示出民族英雄岳飞的一片丹心。

（搜集整理：莫　高）

故事之三：臭秦桧

西湖边有座岳坟，岳坟前跪着四个铁铸的人像，其中有两个就是当年害死岳飞的秦桧夫妇。

早先，杭州城里来了一个新上任的抚台，那人也姓秦，是秦桧的后代。抚台上任不久，便带手下人去逛西湖。他来到岳坟，看到自己的老祖宗跪在别人面前，忙用衣袖把脸遮住，倒退了出来。

抚台回到衙门，坐不安，立不宁，便叫来师爷商量，想把铁像搬掉。师爷将将胡须，想了一想说："如果明搬吧，老百姓一定不肯，说不定还会闹出事来。我看，不如派人在黑夜里把这对铁像丢进西湖里去。这么大的西湖，铁像沉到湖底，便是把水车干了也难找到。"

抚台连声称赞道："妙！妙！"于是当夜便派人把铁像丢进湖里去了。

哪知道第二天天刚亮就出了件怪事，西湖里的水忽然臭啦。

岳坟前的秦桧、王氏跪像

臭气冲天，熏得来往行人都捂住鼻子，个个想呕吐呢。

不知是谁，发觉岳坟前面的铁像少掉两个，就大声叫嚷起来："大家来看啊！大家来看啊！两个奸贼的铁像不见啦！一定有人把它丢进湖里去，弄脏西湖水。要不然，湖水怎么会发臭呢？"

老百姓知道了岳坟失去秦桧夫妇铁像的事，便一起涌到抚台衙门去告状，要求拿办弄掉铁像的坏蛋。抚台还睡在床上，只听得门外人声嘈杂，便起来查问。手下人诉说了缘由。抚台做贼心虚，便叫人传出话去，说他病啦。

老百姓哪里肯走，人越聚越多，把个抚台衙门前的石狮子都差点挤倒了。抚台恐怕这样下去要出事情，便硬着头皮出来见老百姓。他说："这……这都是谣言，大家千万不可轻信！铁像怎么弄得臭湖水呢？"

老百姓都争着说："是不是谣言，你到西湖边看看就知道了。"

说着，便围拢来，一定要拉他走。

抚台没法，只得坐上八抬大轿到西湖去。离湖边还有好多路呢，果然有一股恶臭直向轿门冲来。

轿到湖边，抚台从轿帘的缝缝里往外一张，只见前面密密麻麻的全是人。他心里突突突地直跳，慢慢走出轿门，干咳了几声，说道："湖水一时发臭，也是常情，你们不必大惊小怪。据我看来，这事与铁像无关！"

这时，人群里有人吼起来："你是秦桧的什么人？居然来袒护坏蛋！"

抚台一时不知怎样回答才好。他定了定神，尽力安慰自己道：莫慌啊！铁像已经沉到湖底，谁还能找得到？想到这里，便神气起来，硬着嘴说："你们不要胡闹！如果有人真从湖里捞出铁像来，本官甘愿辞官请罪！"

抚台的嘴巴刚刚闭拢，墨黑的湖水一下变得清澈见底了。从湖底竟然慢慢浮起一对铁像，好像有人托着似的，直向抚台面前漂来。

抚台吓得脸像黄纸，一面发着抖，一面钻进轿子，赶快逃到衙门里躲起来，好久好久不敢露面。铁像漂到湖边，老百姓把它打捞上来，重新搬到岳坟前面跪着。

第二年春天，抚台偷偷地到岳坟来凭吊。想想去年发生的事情，真正懊悔死啦。他悔着悔着，便写下了一副对联。这对联说："人从宋后少名桧，我到坟前愧姓秦。"

（搜集整理：石文松）

传说之四：和尚戏乾隆

当年乾隆皇帝游江南，其实并不是真心游山玩水，他怕江南百姓造反，特意借个游山玩水的名义，到江南来探听消息，察看虚实。

那时，杭州南屏山净慈寺里有个得道的半仙，叫"诋毁和尚"，这和尚不讲究诵经打坐，专喜欢议论天下大事，要讲便讲，要骂便骂，毫无顾忌。只因他讲得有理，骂得有趣，所以老百姓都喜欢亲近他。

乾隆皇帝到了杭州，听说有这么个和尚，他的眉头就拧成了疙瘩，心想，这和尚取这么个怪名号，必定是个隐迹山林的明朝遗老，不守本分的人。倒要去听听这和尚到底"诋毁"些什么。于是，他便换上一身蓝衫，拿一把描金折扇，打扮成一个秀才模样，一摇一摆地去游净慈寺，指名要会会诋毁和尚。

诋毁和尚从寺里出来，乾隆皇帝见了他，便问道："老师父就是诋毁和尚吗？"

诋毁和尚回答说："不错，我就是诋毁和尚，诋毁和尚便是我。"

乾隆皇帝又问："老师父是从小出家的呢，还是半路出家的呢？"

诋毁和尚说："我么，是半路出家的。秀才问我这些做啥？"

乾隆皇帝没得话讲了。眼珠一转，看见和尚身上那件千补百衲的破袈裟，便说："听说老师父是个有德行的高僧，为啥穿这丝瓜筋一般的破衣衫呀？"

诋毁和尚笑道："我年轻的时候，也穿过锦绣的衣衫哩！后来那锦绣衣衫

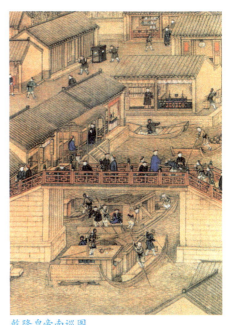

乾隆皇帝南巡图

被野狗撕碎了，我就做了和尚，穿起这破麻布的袈裟来啦！不过我穿得虽然破烂，心术可是正的。不比那些着官服的老爷，看起来仪表堂堂，暗地里却男盗女娼呢！"

乾隆皇帝当头挨了一闷棍，又发作不出来，心里恨啊，想：这诋毁和尚果然名不虚传！总得找个碴子好狠狠办他罪。他肚皮里打着算盘，面孔上却堆起假笑，叫诋毁和尚领他进寺去耍子。

他们进了净慈寺山门，见旁边有人在劈毛竹做香篮。乾隆皇帝眼珠子一转，随手拾起一块劈开的毛竹爿，把青的一面朝着诋毁和

乾隆皇帝戎装图

尚，问道："老师父，这个你们叫什么呀？"

诋毁和尚说："这个叫竹皮。"

乾隆皇帝把毛竹爿掉转个面，将白的一面朝着诋毁和尚，又问："老师父，这个又叫什么呢？"

诋毁和尚道："这个么，我们叫它'竹肉'。"

乾隆皇帝皱起眉头苦笑道："好个新鲜的名称呢！"

诋毁和尚听了，打个哈哈说："老客人呀，如今这世道变啦，名称也得跟着变哩！"

乾隆皇帝吃瘪了，只好闷声不响。原来当时乾隆皇帝大兴"文字狱"，找碴子杀人。如果诋毁和尚照着老称呼把毛竹爿青的一面叫"篾青"，白的一面叫"篾黄"，就会被乾隆皇帝抓住小辫子，诬陷他要"灭清"、"灭皇"，杀他的头。乾隆皇帝拿毛竹爿问诋毁和尚，就是想找他这个碴子的。

乾隆皇帝进了大雄宝殿去拜过菩萨，又到罗汉堂看了佛像。最后，他们来到香积厨。

香积厨就是寺院里的伙房。乾隆皇帝东张西望，见灶下放着一担豆芽菜。偏巧这时跑过来一条小狗，扯起后腿在豆芽菜上撒了一泡尿。乾隆皇帝看在眼里，就问道："老师父，这豆芽菜算不算干净的东西呀？"

诋毁和尚说："豆芽菜水中生，水中长，当然是最干净的东西啦！"

乾隆皇帝打从鼻孔里哼了一声，说道："有狗尿浇在上面，怎么还说它是干净的呢？"

诋毁和尚呵呵大笑道："俗话说，眼不见为净，耳不听为真。你看见只当不看见，岂不就干净了吗？这点小事，何必如此认真呢！譬如有的人，日日夜夜挨天下百姓骂，但他却装做没听见，还厚着脸皮自吹自擂，说自己是圣人哩！"

乾隆皇帝听了这话语，气得火冒三丈，但怕暴露身份，又不好发作。这时，猛听得香积厨后门外有个小贩在高声叫卖："茶叶蛋要不要？茶叶蛋啰！"他灵机一动，就改口问道："老师父，你们吃荤还是吃素？"

诋毁和尚回答说："净慈寺海内闻名，清规很严，当然吃净素，不沾荤腥。"

乾隆皇帝嘴里一面说着"好，好"，一面打开后门，把小贩叫过来，买下两只茶叶蛋，送给诋毁和尚吃。他想：这鸡蛋要说荤就荤，要说素就素。如果你说是荤的不肯吃，它却是没有血的东西；倘若你说是素的吃了，它却能孵出小鸡来。吃也罢，不吃也罢，怎么也得给你安个欺君之罪！

哪知诋毁和尚不慌不忙地接过茶叶蛋，也不剥壳，咕嘟，咕嘟，一口一个囫囵吞进肚皮里去了。乾隆皇帝正想发作，诋毁和尚却念出一首诗来："混沌乾坤一壳包，也无皮骨也无毛。贫僧渡尔西天去，免在人间受一刀。"

念毕，张开嘴巴，哇哇两声，吐出一对小鸡来，停歇在他手掌上。转眼工夫，这对小鸡就变成了羽毛丰满的大鸡，一只公，一只母。它们喔喔喔、咯咯咯地啼叫了几声，哗的一声响，飞上一座山头不见了。

乾隆皇帝惊得目瞪口呆，看看这和尚非同一般，惹他不起，就灰溜溜地从后门溜走了。

（搜集整理：徐　飞）

[贰] 爱情传说

故事之一：梁祝与万松书院

从前，浙江绍兴府上虞县祝家庄里，有一个名字叫祝英台的姑娘儿。她不但人生得聪明美丽，心灵手巧，而且有一样与众不同的地方，就是特别喜欢写字读书。那辰光的风气，"女子无才便是德"，女伢儿当中，喜欢读书的人通常是难得一见的。可是祝英台天生是个读书的女伢儿，等她长到十五六岁的辰光，更是一心想到杭州最上品的书院——万松书院里去读书。

英台的贴身丫鬟银心最晓得小姐的心思了，她帮着英台想出一个主意：假扮成男伢儿，不就可以离开家里，远走高飞了吗？这一日，祝英台和银心各自打扮一番，英台变成一个公子，银心扮成书童，两人像模像样地来到客厅里。

祝英台的老爸祝员外此刻正在客厅里喝茶，忽然看见一个书童领着一位风度翩翩的相公进来向自己恭敬行礼，慌忙起身答礼，让座，请教公子尊姓大名。

英台见父亲大人也被瞒过，心想：这女扮男装之计，可以一试呀！于是一边卸装，一边向老爸说出了真相，请求祝员外允许自己前往杭州读书。祝员外开始时左思右想，不肯答应，后来拗不过爱女的恳求，才勉强答应下来。

祝英台扮成相公，英俊潇洒自然不在话下，即便是丫鬟

《梁祝化蝶》剧照

《梁山伯与祝英台》剧照（上海越剧院表演）

银心，装做书童后，也让人刮目相看。这一日，天气晴朗，顺风顺水。她俩离了祝家庄，水陆兼程，北上杭城，一路奔波来到城东草桥门外草桥亭小憩，正好遇上一个书生和他的书童，也到亭子里来歇脚。同是读书人，双方互相招呼问候，英台得知这位书生名叫梁山伯，是从绍兴府会稽县到杭州万松书院来求学的，正好和自己同路。

英台和梁山伯一阵交谈，觉得十分投机，两人便在亭子里结拜为兄弟。梁山伯年长为兄，祝英台就称他为"梁兄"，梁山伯则叫英台为"贤弟"。随后，大家兴冲冲一同上路，直奔杭州城南最有名的万松书院。

在风景如诗若画的万松书院，山伯和英台开始了同窗读书的日子。晨起夜寐，花前月下，背四书五经，写诗作文，答问考试，两人学业大有长进，交情也与日俱增。只是有一桩事山伯却一直蒙在鼓里，他一点都不知英台原是个女儿身。这固然是因为英台处处防备，不露半点破绽，也是由于山伯为人正派忠厚，从来不过问、不好奇人家的私事。

日月如梭,飞逝而去,转眼已经过去三年。这一日,英台接到家书,说她父亲祝员外病倒在床,思念爱女心切,要她快快返乡见面。祝英台向书院的先生请假后,又来找师娘,诉说她和梁山伯同学三年,敬重他的人品学问,已经爱上了这位梁兄,恳求师娘等她回上虞后,替她向梁山伯提亲,还把一个玉扇坠儿郑重交给师娘,既做凭证又当信物。

英台即将起程回家,梁山伯闻讯来送她。两人出了万松书院,沿着凤凰山路,翻过一道坡,转几个弯,下了万松岭。谁晓得这一送,不知不觉就送了十八里,一直来到了杭州城东钱塘江边的七甲渡。祝英台就从这里渡过江,再搭船经萧山、绍兴回上虞去。

祝英台回到家里,见父亲的病情并不严重,方知是老爸思女心切,故意称病,好让她回来团聚的。

祝员外呢,看见女儿这么快就回乡省亲,心中很是快慰。他让女儿重着红装,再也不愿意她远离家乡外出读书了。这时,恰巧有邻村马家庄的大财主来提亲,祝员外就一口应承,将英台许配给马家的儿子。

英台得知后不禁大惊,她哪里肯答应这门亲事?于是实话实说禀报老爸,说她早已爱上了在省城万松书院的同窗学兄梁山伯。离杭城前,还托过万松书院先生家的师娘做媒。可是,从来都是样样依着爱女的祝员外，这一回却不肯答应英台的请求，执意要祝英台嫁给马家。

再说那天送别英台后，梁山伯回到万松书院，继续用心读书。过了十几天，师娘拿着祝英台临行前交给她的玉扇坠儿，来告诉梁山伯说："祝英台啊，原来是个女儿身，还托我向你提亲哩！"梁山伯这才恍然大悟，想起祝贤弟那日在临行前的一番话，句句好似暗藏机锋，当时弄得自己一头雾水，原来这都是祝英台在借物寓情，向自己做表白啊！又惊又喜又怪自己糊涂的梁山伯，立刻向老师请了假，赶往上虞祝家庄去，要快快和祝英台会面。

梁山伯赶到祝家庄，见到一副红装的祝英台，兴奋地说师娘已经为他们俩提亲。哪知英台一听这话失声痛哭，她说道："梁兄啊，你这么晚才来，我父亲已经硬将我许配给马家了！"

梁山伯一听此言，又是惊愕，又是难过，又是懊悔，只觉得自己连身带心如坠无底深渊，痛苦万分。晚了，晚了！一对有情人，却无缘厮守，天底下还有比这更让人痛不欲生的事情吗？

他们两人抱头痛哭，发誓无论是谁也不能拆散他们。

伤透了心的梁山伯回到山阴家中，他想念祝英台，吃不下饭，睡不着觉，一场突然降临的大喜大悲，将这个忠厚老实的书生击倒了。他的病情越来越重，不久就含怨而死。临终前他告诉家里人，死后要把他埋在从祝家通往马家庄的路边，他的灵魂要去陪伴祝英台。

迎亲的那一天，马家的花轿抬到祝家庄英台家门口，一边是吹吹打打的热闹，一边却是哭哭啼啼的英台。已经知道梁祝三年同窗挚情的人们，尽管痛惜、无奈，却无以言表。英台说什么也不愿意上轿，但在父亲的厉声喝令之下，在家人的推搡扯拉之下，被硬生生逼进轿子，抬往马家庄去了。

花轿走到半路上，一阵狂风骤起，抬轿人被刮得再也走不动了。这时，丫鬟银心含泪告诉英台，前面路旁就是梁山伯的坟。

祝英台见到那一抔黄土，突然挣脱家人的拦挡，冲出花轿，一定要到梁山伯的墓前去祭拜。来到梁山伯墓前，英台扑在坟上放声大哭。霎时，刚才还白日耀眼的晴空忽然电闪雷鸣，风雨大作。梁山伯的坟墓哗啦一声裂开了一条大口子。祝英台高声呼喊着："梁兄啊！梁兄啊！"纵身跳进坟里去了。

说也奇怪，英台跳进梁墓，雨就停了，云也开了，空中红日重现，还映出一道长长的彩虹。一对美丽的蝴蝶，从梁祝生离死合的坟头上翩翩飞起，高高低低，犹如在空中跳着舞蹈，越飞越高，越舞越远，一直向北飞去。

没过多久，人们在杭州西湖的水边林下，看见了一对又一对这样双双飞舞、相追相随的色彩斑斓的蝴蝶。人们仔细观察这些蝴蝶后都说，它们就是梁山伯和祝英台的化身。直到如今，杭州人仍然把这种翅膀上带有黑、白、红三色相间的花纹，还洒落着翠绿斑点，尾翼上有两根长长飘带的大蛱蝶叫做"梁山伯与祝英台"哩。

故事之二：苏小小

以前，在西湖的西泠桥旁边有一座坟墓，墓中是啥人呢？她就是被称为"江南名妓"的苏小小。

苏小小出身于娼妓人家，自小也不知道父亲是哪一个。母亲死了以后，门户变得冷冷清清，生活贫苦。好在她的家就住在西泠桥旁边，天天受到西湖山水的滋润培养，再加上她生性聪明，容貌如画，好比九天仙女下凡。到十二三岁时，她长得更加出色，而且看过的书，过目不忘，讲的话语，句句成章在理。她自小见识不凡，经常坐着一辆小小的油壁香车，漫游三竺两峰，招引得一班年轻的公子像一群蜜蜂一样拥着她飞转。但苏小小十分自重，丝毫也没露出一点轻浮的模样，使得一班豪门子弟无法可想。

那些豪门公子，自以为有的是金银，都情愿出千金请人说媒，但一个个都碰了鼻头。苏小小一不爱金银，二不要金屋，生性只爱西湖山水，只喜遨游三竺两峰，把富贵荣华看做粪土。

有一天，苏小小到石屋洞游玩。那时正是深秋季节，天气有点冷了。她被满山红叶的景色吸引住，久久不想离去。正看得出神时，忽见对面冷寺前有一个壮年书生，落落寞寞，在那里闲踱，见了苏小小的油壁香车，有点进退两难的样子。苏小小一点不嫌弃他寒素，落落大方地走上去同他交谈，言谈中知他有满腹文章，十分钦佩，约他到西泠桥旁家中细谈。

苏小小墓

那个贫寒书生叫鲍仁，对苏小小能这样看重自己十分感动，便选了个日子来到苏小小家里。那一日，苏小小家里正好坐满了豪门公子，可苏小小一听鲍仁来到，竟然像接待知心好友一样，把那些贵公子冷落在一边。一番谈话十分知己，苏小小拿出私房银钱两封赠给鲍仁，慷慨资助他上京赶考。

鲍仁走了，那些豪门公子都争着来邀请她去吃酒席，游西湖。她为了应付这些贵公子，只得硬着头皮去。她从来是卖唱不卖身，招得那些贵公子争风吃醋，打闹拼斗。这样一来，给苏小小带来无限的烦恼，终日闷闷不乐，久而久之，染病在身。可是那些贵公子一点不体谅她，照样要苏小小去赴约。苏小小因病在身，只得回绝。这样，今天回绝这个，明天回绝那个，招得那些人恼怒不已，天天在客堂里闹事，弄得苏小小卧病也不安耽，毛病愈来愈重，无法医治。临死时，苏小小对身边的姐妹们说："我苏小小生于西泠，死于西泠，但愿能埋骨西泠，不负我爱西湖山水之癖。"说完，溘然而逝。众姐妹

痛哭一场，将她入棺收殓了。因是娼妓人家，不敢举行丧仪。

没过几天，两个差人飞马来报："滑州鲍刺史来拜。"原来鲍刺史

《苏小小》剧照

就是苏小小赠银的贫寒书生鲍仁。大比之年，他金榜题名，放滑州刺史。今路过杭州，特地来拜谢苏小小。现在见苏小小去世，痛哭流涕。众姐妹见他心地纯正，就把苏小小临死时的愿望告诉了他。鲍刺史说："苏姐姐待我如知已，我当仁不让，为她在西泠桥畔择地建坟。"下葬那天，鲍刺史白衣白冠，亲送苏小小灵柩。临别又哭祭一场，依依难舍。

从此，西泠桥畔多了一座坟墓，那就是苏小小墓。

（讲述者：王凤林　记录者：丁福昌）

故事之三：柳浪闻莺

传说西湖原来只有九景，有一处风景叫"柳浪闻莺"，是后来加上去的，内中还有一段故事。

早先，这一带地方叫"柳浦"，满村是密层层的杨柳，一排排的破院。住在这里的三百来户人家，都是郡王府的织锦户。他们家家织得好锦，有一手好手艺，但家家都很贫困，过的是苦日子。有一户人家母子两个，儿子名叫柳浪，是个好后生，手艺很高，但因为穷苦，年纪不小了，还没有娶媳妇。柳浪的心事，从来不向人透露，只向那柳林里游转的黄莺倾诉。这黄莺也真懂事，天天飞来与柳浪唱歌做伴，陪他织锦。日子一久，他们竟成了知心朋友。

有一天，柳林里转出一个十八九岁的姑娘，圆眼睛，瓜子脸，一身金黄衣衫，显得十分俊秀。她就是黄莺姑娘，正偷偷地在窗口看柳浪织锦，想进屋里去，又有点怕羞。

这时，正好来了张二嫂，她是个热心人，喜欢管闲事。看到有个姑娘偷偷看柳浪，暗暗地好笑。不料这姑娘一见二嫂，就迎上去叫声"姐姐"，还说自己是她的表妹金衣。二嫂揉揉眼睛，想，我哪来的表妹呀？但经不起莺姑娘连声呼唤，有点迷糊了，好像娘家真有个金衣妹妹。莺姑娘又编了一些家事，最后说是投奔姐姐来的。二嫂听她这

柳浪闻莺

么说，又仔细瞧瞧她的模样，心里有了盘算，就过去高声地朝屋里喊道："柳浪！你出来见见我的表妹！"

柳浪在屋里织锦，他今天听不到黄莺鸣叫，正在纳闷哩！听到喊声，出门一看莺姑娘，竟觉得十分面熟，就笑吟吟地望着她。莺姑娘红着脸，也不说一句话。二嫂见了，拍着手说："真是天生的一对！"就进屋去找柳婆婆了。

这桩婚事，经二嫂一撮合，大家都愿意，就定下来了。柳婆婆高兴得合不拢嘴，准备为儿子办喜事。这一天，刚逢三六九日，是缴锦的日子。柳浪定了这门亲事，心里乐滋滋的，就背起锦，兴冲冲地跟着乡邻到王府去了。

那郡王是皇帝的侄儿。这一年正是皇帝六十岁，郡王准备选一匹最精美的锦缎奉献上去，就在缴来的彩锦中挑选起来。可是看来看去，挑来挑去，都不满意。后来看到柳浪织的那匹锦，才连连说好。但一听说这锦名叫"西湖九景缎"，连忙摇头说："九字不到头，不能庆万寿。"他立刻唤进柳浪，要他在一夜之间赶织"西湖十景缎"，还规定这新添的一景要有声有色。

柳浪高高兴兴去缴锦，却带着这灾难回家来了。莺姑娘在村口等柳浪，见他回来，喊他不应，问他不响，只听他自言自语地说着："有声……声……"莺姑娘告诉他，家里米不止一升，有两升，够吃三顿了！柳浪又自言自语地说："有色，色彩……彩……"莺姑娘再告诉他，二嫂送来一盆鳖，门外挑来一些菜，有荤有素了！柳浪还是焦急地自言自语："一夜织，织……织……"莺姑娘又告诉他，婆婆已经在煮饭了，你不要急！

后来，把事情弄清楚了，莺姑娘说："有色容易，一夜间织成也不难，只是有声怎么织呢……"她一边说，一边想，后来笑了起来："有了，有了，你不要急，今夜我们夫妻俩同织就是了。"柳浪听莺姑娘能织，忧愁丢了一半，又怕妈妈担忧，要莺姑娘暂先瞒着。当晚，柳婆婆听说他俩要同织一匹夫妻锦，安心去睡了。柳浪整丝上机，开手织起来。莺姑娘却推说要去烧一壶水，走出了机房。

这有声有色的一景，到底该怎样织，莺姑娘实际上心中无数，她想找众姐姐去商量。就趁这月上柳梢的时候，她走到堤边，轻轻地叫了三声"姐姐"。

一会儿，画眉鸟、八哥鸟、百灵鸟、芙蓉鸟都飞来了。她们听说要织有声有色的美锦，也想不出好办法。最后还是画眉鸟有主意，拉着杨柳条，叫道："好姐姐，你替我们想想办法吧。"杨柳笑笑说："这有什么难，织上杨柳就有色，织上黄莺便有声。"

莺姑娘送别了姐姐们，急忙回到机房。这时已经三更天了，柳浪心灵手巧，也已织到西湖第五景了。莺姑娘就接过鱼梭，坐上机架，继续一梭一梭地织下去。柳浪在一边，看她织好了一景又一景，看到开织第十景，先是一条堤，再是一个旧祠堂，以后是成行的杨柳。

柳浪看得着急起来，说："这倒像是我的家，怎么称得上风景？"

莺姑娘笑了笑，说："你的家为啥称不上风景呢？"她还是一梭接一梭地织下去，趁柳浪转身时，她拔下一根羽毛，铺到锦上又织了几只小黄莺。

柳浪越看越急，莺姑娘却故意慢吞吞地织好最后一只黄莺，剪下锦缎卷成了一筒。

"我明朝怎么讲呢？这算是什么风景？"

"就叫'柳浪闻莺'。"

"这越发不对了。"

"有什么不对。风吹杨柳翻绿浪，枝头常闻莺啼唱，这不是柳浪闻莺是什么？"

"……有声有色……这声在哪里？郡王规定要有声音的啊！"

莺姑娘再把锦展开，指着杨柳问柳浪："有没有色？"柳浪点点头。再指着黄莺叫柳浪细听，果然，一只只黄莺呖呖呖地鸣唱起来。这一下，柳浪可高兴了。从此，"西湖九景缎"也就改为"西湖十景缎"了。

郡王验过这匹"西湖十景缎"，如得珍宝，赶快装上锦盒，派人押送进京，还赏赐了柳浪一锭元宝。

有了钱，就好张罗喜事了。乡邻们晓得这件事，大家高高兴兴来帮忙。不料成亲的那一天，郡王府总管带着旗牌上门来了，当众开读郡王的指令，要柳浪的妻子进府去。

柳婆婆急忙上前去讲理，旗牌却把她推倒在地。乡亲们气咻咻地指责总管，旗牌把他们赶走了。柳浪死也不肯让莺姑娘进府去，旗牌把他绑在树上。

莺姑娘这时也真着急：展翅飞吧，怕暴露了自己的秘密；不飞吧，一时也想不出好办法。正在犹豫不决之际，几个旗牌上前把她绑进花轿，强抬了去。

原来，郡王打发了柳浪以后，自己也想弄一匹"西湖十景缎"，又怀疑不一定是柳浪织的，就派旗牌去打听。去的人回报，柳家有一个天仙般的美女。郡王是个色鬼，一听说有美女，立即下令，骗也好，抢也好，快快派彩轿把她抬来。一面就在偏殿挂灯结彩，准备将莺姑娘娶做第十位夫人。

就这样，旗牌抢了莺姑娘，抬着彩轿进殿来。郡王欢欢喜喜地打开轿帘，哪有什么美女，竟是一顶空轿。郡王大怒，旗牌们也都慌了。正在这时，府门外传来一阵咚咚咚的鼓声，门上人来报，说是柳浪辕门击鼓。郡王哼了一声，说："我正要找他算账呢！"要旗牌将柳浪带进来。

柳浪一见郡王，据理指责他不该强抢民妻。郡王却指着空轿破口大骂，说他抗旨欺王。柳浪听说是空轿，以为莺姑娘被他们害死了，一面哭喊，一面大骂，郡王就下令把他绑起来。这时，柳浦的人纷纷赶到，大家哄闹起来，郡王一怒，也叫旗牌把人都捆绑在一边，一面又连声说："斩，斩，斩，把柳浪斩了！"

郡王刚说完，莺姑娘忽地站在他面前。他一见这俊俏的姑娘，立刻变了一个模样，呵呵笑着，连声说："美人到了，赶快成亲！"

莺姑娘说："慢！先放了人，再来说话。"郡王放了柳浦的乡亲，却不肯放柳浪。莺姑娘责问他："为什么不放柳浪？"郡王说："罪有大小。要放柳浪不难，只要你我先进洞房。"莺姑娘咬了咬牙，答应了。一些使女立即把她拥进新房去了。

当天夜里，郡主府里闹盈盈，郡王喜洋洋地进了新房，柳浪却孤零零地被绑在花园里的大槐树下。迷迷糊糊地，他忽然听见黄莺的啼声，又好像有人替自己解绳子，定睛一看，果然，莺姑娘在他的身边。莺姑娘替他解了绑，就拉着他穿过假山，走上亭阁，翻出墙去。等到旗牌发觉，追上来，只见两个人影子一闪不见了。

旗牌们赶快去报郡王，可是在房门口一连报了几十声都听不见回应。好容易守到天亮，还是一点动静也没有。没法子，撬进去一看，郡王竟被几株枯柳压住了，他眨着白眼，嘴里塞满了泥巴，发不出一点声音来。

莺姑娘和柳浪回到家里，柳婆婆正在哭泣，见到他们回来了，又是喜，又是愁，说："逃是逃出来了，郡王追来还不是……"话未说完，又伤心地哭了起来。

莺姑娘说："婆婆不要哭，我有办法。"她要柳浪将草鞋脱下来，就带了他奔出村去。大家正在奇怪，只见天上出现了几百只黄莺，衔着一只大草鞋，慢慢地向郡主府飞去，越飞越低，砰的一声巨响，落到郡王府，草鞋变成了山岭，郡王府从此就不见了。

柳浪和莺姑娘欢欢喜喜成了亲。他们织的柳浪闻莺一景，后来出了名。西湖边这一带地方，杨柳常青，黄莺常啼，春光越发好了。

（整理者：陆高平）

[叁] 名胜传说

故事之一：明珠

很古很古的时候，在天河东边的石窟里，住着一条雪白闪亮的玉龙；在天河西边的大树林里，住着一只色彩绚丽的金凤。

玉龙和金凤是邻居，每天早晨，它们一个钻出石窟，一个飞出树林，总要打个照面才分开来，然后忙着各自的事儿去了。

有一天，它俩一个在天空中飞，一个在天河里游，飞呀，游呀，不知不觉就来到一座仙岛。在岛上，它们发现一块亮闪闪的石头，金凤很喜欢，就对玉龙说："玉龙玉龙，你看这块石头多好看呀！"

玉龙也很喜欢，就对金凤说："金凤金凤，我们来把它琢磨成一颗珠子吧！"

金凤点头答应，它俩就动工了。玉龙用爪子扒，金凤用嘴啄，一天一天，一年一年过去了，它俩真的把这块亮闪闪的石头琢磨成一颗滚圆滚圆的珠子。金凤高兴地飞到仙山上含来许多露珠儿，滴到珠子上；玉龙快活地游到天河里吸来许多清水，喷到珠子上。滴呀，喷呀，滴呀，喷呀，慢慢地，这颗珠子就变得精光闪亮的啦。

从此以后，玉龙喜欢金凤，金凤也喜欢玉龙，玉龙和金凤都喜欢它们的明珠。玉龙不愿回到天河东边的那个石窟里去了，金凤也不愿回到天河西边的那座树林去了，它俩就住在天河当中的仙岛上，

《明珠》插图

日夜守护着自己的明珠。

这颗明珠真是一颗宝珠啊，珠光照到哪里，哪里就树木常青，百花盛开，山明水秀，五谷丰登。

这天，王母娘娘走出宫门，一下子见到这颗宝光闪烁的明珠，心里爱慕极啦。到半夜辰光，她就派一个天兵，趁玉龙和金凤熟睡的时候，悄悄地把这颗明珠偷走了。王母娘娘得到明珠，喜欢得不得了，连看也舍不得给人家看一看，就赶忙藏到仙宫里头，一道又一道地关起九重门，锁上九道锁。

玉龙和金凤一觉醒来，发觉明珠不见啦，多么着急呀！东寻寻，西找找，玉龙找遍了天河底下的每一个石窟，没有找到；金凤寻遍了仙岛上的每一个角落，也没有寻着。它俩伤心极了，可还是日日夜夜地到处寻找，一心想把心爱的明珠找回来。

王母娘娘生日的那一天，四面八方的神仙都赶到仙宫来祝寿，王母娘娘摆下盛大的蟠桃会来宴请众神仙。神仙们喝着美酒，吃着蟠桃，齐声祝贺王母娘娘："福如东海，寿比南山。"

王母娘娘听到这贺词，一时高兴，就对众神仙说："各位仙长，我请大家看一颗珍贵的明珠。这真是天上难找、地下难寻的宝珠啊！"

说着，她就从衣带上解下九把钥匙，打开九道锁，走进九重门，到仙宫里面取出了那颗明珠，放在金盘里捧到厅堂中间。这颗明珠果真亮晶晶，光闪闪，神仙们看了，都啧啧称好。

这时，玉龙和金凤正在到处寻找它们的明珠呢。金凤突然发现了明珠放出的毫光，就忙着叫玉龙道："玉龙玉龙，快来看，快来看，那不是我们的明珠放出来的毫光吗？"

玉龙从天河里钻出头来，看了一看，说道："是呀，这一定是我们的那颗明珠了。快，快去把它找回来！"

玉龙和金凤立刻依着明珠的亮光找去，一直找到王母娘娘的仙宫里。神仙们正在伸头探脑地围着明珠叫好呢，玉龙走上前去说道："这颗明珠是我们的！"金凤跟着也说："这颗明珠是我们的！"

王母娘娘一听火啦，冲着玉龙、金凤张口就骂："胡说！我是玉皇大帝的亲娘，天上的宝贝都该是我的！"

玉龙、金凤一听来了气，一起向王母娘娘说："这颗明珠不是天上生的，也不是地下长的，是我俩辛辛苦苦，一天一天、一年一年琢磨出来的！"

王母娘娘听了，又羞又恼，伸手护住放着明珠的金盘，大声喝叫天兵天将快把玉龙和金凤赶出去。金凤见王母娘娘不讲理，扑过去就抢明珠；玉龙见王母娘娘不讲理，也冲过去抢明珠。三双手都抓住金盘，谁也不肯放松。你拉我扯，金盘一摇晃，明珠就骨碌碌滚下来，滚到台阶沿，从天上跌落到地下去了。

玉龙和金凤见明珠往下掉，怕摔破了，急忙翻身跟下来保护。玉龙飞着，金凤舞着，它俩一忽儿在前，一忽儿在后，一忽儿在左，一忽儿在右，保护着这颗明珠，慢慢地、慢慢地从天空降落到地面上。这颗明珠一落地，立刻变成了晶莹剔透的西湖。玉龙舍不得离开自己的明珠，就变化成一座雄伟的玉龙山来守护它；金凤舍不得离开自己的明珠，就变化成一座青翠的凤凰山来守护它。

从此，凤凰山和玉龙山就静静地伏在西湖的旁边。直到现在，杭州还流传着这样两句古老的歌谣："西湖明珠从天降，龙飞凤舞到钱塘。"

（搜集整理：徐　飞）

故事之二：六和镇江

原先，住在钱塘江里的那个龙王性情非常暴躁，把潮水弄得涨落没有个一定时刻，因此沿江两岸的田地常常被淹掉，害得人们成天提心吊胆地过日子。

那时，江边住着一户穷苦的渔民，夫妻俩带着个儿子六和过日子。六和五岁那年，他爸在江上打鱼翻了船，淹死啦。

没有船打不成鱼，六和一家从此更苦啦。娘儿俩用两支竹竿，上面各拴上一个小圆网，趁潮来的时候，赤着脚跑在潮头前面捞潮头鱼。捞潮头鱼是很危险的，跑得稍慢一步就会被潮水卷去。娘儿俩为了生活，不得不冒这个险。

　　有一天，娘儿俩正在捞鱼的时候，不料潮水来得特别快，特别凶。六和看看势头不妙，牵住娘的手拔腿飞跑，可是已经来不及了，一个浪头猛拍过来，把他娘卷进漩涡里去啦。

　　六和没了娘，望着江水，又伤心又气愤，就一面哭着，一面尽力把江边山上大大小小的石块儿搬下来，使劲扔进江里去。他发誓要用石块填满钱塘江，不让潮水再横冲直撞，到处害人。他手里丢着石块，嘴里还不断地咒骂着："可恨的潮水啊，该死的龙王！我要把山搬下来，填平你这作恶的江！"

　　水晶宫里的屋顶和门窗，被六和丢的石块砸了许多窟窿，水晶宫前的台阶上，石块堆成了一座小山，大门都快堵死啦。龙王听到咒

民国时期的六和塔

雕塑《六和镇江》　　　　　　《六和镇江》插图

骂声，走到水晶宫门口张望，哎哟哟，不料又被六和丢下的石块砸在头上，把一只龙角都砸歪了，后脑勺上肿起一个大疙瘩，痛得它嗷嗷直叫唤。

六和在江边一面哭，一面骂，一面往江心丢着石块。一天，两天……整整丢了七七四十九天。这天正好是八月十八，他忽然听到轰隆隆的声音自远而近，钱塘江潮水涌过来了。潮头上站着个横行霸道的蟹将军，领着一队弯腰屈背的虾小卒，后面黄罗伞下站着那个龙王。不一会儿，龙王来到了六和面前，说道："小孩，小孩，不要哭，不要骂，不要丢石块，你要金要银要珠宝，我都给你。"

六和听了，恨恨地说："龙王，龙王，你听着，我不要你的金银，不要你的珠宝,你得依我两件事才行。如若不依,我就用石块压坍你的水晶宫,填平钱塘江!"

龙王听了慌忙问道:"哪两件事呀? 你说,你说说看。"

六和说:"第一件,你马上把我娘送回来;第二件,从今以后不准乱涨大潮,潮水只许规规矩矩顺着河道走,涨到小山这儿为止。"

龙王满心不情愿,但是又怕六和真的把钱塘江填平了,压坍他的水晶宫,只好都答应下来。

龙王赶快叫人把六和娘送了上来,六和见了娘,多么快活啊! 娘儿俩高高兴兴地回家去啦。

从那个时候起,钱塘江的潮水便小了许多,而且涨到那座小山边便稳定下来。只有每年八月十八那一天,潮水比平常要大些,那是因为龙王吃过六和的亏,怕他的部下再闯祸,亲自出来巡江的缘故。人们摸到了潮水的脾气,就不再怕它,把沿江两岸的荒滩都开辟成良田,种上绿油油的庄稼。为了感谢六和制服了龙王,后人就在六和搬石块的小山上修筑起一座宝塔,就是如今的六和塔。

(搜集整理: 黄绍良、光路)

故事之三: 虎跑泉

从前有哥弟俩,哥叫大虎,弟叫二虎。他们打过很多仗,立下许多功，是两条力大无比的好汉。因他们爱打抱不平，奸臣看着不顺眼，就给他们安个罪名，发配到边远地方去充军。此后，他俩就流落他乡。

有一年，大虎和二虎流浪到杭州来了。他们很喜欢这个地方，东走走，西看看，舍不得离去。

这天傍晚，哥弟俩来到一座山下，沿着曲曲弯弯的山路一直向前走。走着走着，天快黑下来了，只见前面是个小山坳，小山坳里疏疏落落地有七八户人家，靠山还有一座破败的小寺院。他们走到小寺院门口，正巧老和尚出来关寺门，兄弟俩走上去说："老师父，老师父，我们是路过杭州的，想借宝刹住几天，不知是否可以？"

老和尚看看是两个穷苦的出门人，双手合十道："请呀，请呀。不过小寺只有粗菜淡饭，要怠慢二位了。"

当下进去安顿了住处。吃晚饭辰光，大虎和二虎都称赞杭州这个地方好，老和尚听了叹口气说："杭州好，但这地方并不好。挑担水要翻个坡，半生的精力都花在这上面

《虎跑泉》插图

《虎跑泉》插图

啦！"

大虎和二虎问道："老师父，听你讲来有这样难，那么这水源又在什么地方呢？"

老和尚用筷儿指指远方，说："就在坡那面，远着呢！不瞒二位，这寺院过去和尚也勿缺，后来都为了挑不动这担水，走啦！我年轻时也和你们一样，啥都不在乎，可一晃就过去了二十多年！如今脚力不行啦……"

哥弟俩想想这个孤单单的老和尚，又想想自己常年没个落脚的地方，存心要留下来帮助他，于是齐声道："老师父呀，我们哥弟光身两个人，有的是力气，你如果不嫌弃，就收下我们当关门徒弟吧！"

老和尚看看哥又看看弟，都实实惠惠，又长得像四大金刚似的，越看越高兴，便满口答应下来。

从此，大虎和二虎不论上山落地，不论肩挑背扛，样样事情都抢在头里，对师父又百般照顾。每天开门第一件事，就是翻山去挑水。他们的水桶比小水缸还大，潽潽满的一担水，担在肩上好比两束草，走得飞快飞快。半天挑下来，不光小寺里有足够的水可以吃用，连小山坳里七八户人家的水缸都装得满满的啦。

小山坳里的人见他俩这样力大无比，又肯帮助人，都欢喜亲近他们。

一转眼过去了许多年。这年一秋一冬，天气奇旱，山外的那条小溪开始时还有水，后来很快干涸了。兄弟俩找不到好的水源，只对着四只空水桶发呆。有一天，他们突然想起一件事情来。原来那年哥弟俩流浪到南岳衡山时，见到过一股活水，叫"童子泉"。这泉水清冽香甜，真是稀世宝水哩！他们下决心要去取这股宝水，于是对天立誓：电击雷打心不变，取不回宝水就不来见师父和众乡亲。

第二天一早，哥弟俩把这个心愿向师父一说，就要辞行。老和尚舍不得他们离去，但看看二人去意已定，只得含着眼泪说："徒儿呀，这一去路途千里，不知何年何月才能见面啊！不要忘记，师父在这里等着你们。菩萨保佑我徒一路平安！"

师徒三人就这样告别了。

大虎和二虎认准了南岳的方向，朝西南走去。一路上不知翻过了多少座高山，渡过了多少条大河。衣裳挂破了，靴子磨透底了，还是不停地走。越走，黑夜变得越短；越走，白昼变得越长——炎夏已经来临。

这天，他们走到衡山脚下，已经是精疲力竭，又饿又渴，可仍旧迈着艰难的步伐，一步一步地挪移着，挪移着……好不容易支撑到童子泉跟前，终于望见了清亮清亮的水光，还听到叮咚叮咚的泉声。但是，他们已经用完最后一丝力气，昏倒在地上。

朦胧中，他们只觉得狂风大作，暴雨劈头盖脑地落下来……过一会儿，又好像是雨过天晴，百鸟在四周歌唱。哥弟俩忽然苏醒了过来，只见眼前站着一个头梳双髻的小伢儿，右手轻轻地挥动着一根杨柳枝，正朝着他们笑哩。

哥弟俩想：童子泉，童子泉，难道他就是管这泉水的小仙童吗？正想着，又见那小伢儿用杨柳枝向他们一拂。水滴儿一沾身，大虎和二虎一下子感到浑身长了力气，便从地上一跃而起，跑过去向小伢儿恳求："让我们把这泉水搬走吧。"

小伢儿一跳跳到一块岩石上，又轻轻地挥动着杨柳枝，向他们哈哈大笑起来，说："能呀！你们倒试试看。哈，恐怕搬不动吧！……不过我阿公说过，只有世界上最有毅力、最不计较荣辱的人，才能搬得了它！"

二虎说："我们千里迢迢拼死拼活到这里来，难道不是最有毅力的人吗？"

大虎也说："我们连死都不怕，还计较什么荣辱呀？"

小伢儿一下子被问住了，于是哥弟俩又跑过去拉住他恳求。小伢儿想了一想，说道："好吧。既然你俩是豁出了性命的人，那就变成两只能拔得起山泉的老虎吧。"说着，又用杨柳枝一拂，把水滴儿洒在两人身上。这一洒不要紧，大虎和二虎顿时感到五脏六腑变化，浑身皮肉膨胀，只一歇歇工夫，变成了两只斑斓猛虎，踞在童子泉两旁。小伢儿跃上虎背，老虎仰天长啸一声，就往东北方向飞跑……

这天夜里，老和尚在打坐时睡过去了，梦见有双虎在禅房外面盘桓，好像在寻找着什么。老和尚觉得好奇怪，就开门走出去看看，一眨眼老虎就没有了。但是老虎盘桓过的地方却有一潭清水，精光发亮。老和尚高兴得呵呵大笑起来，梦就醒了。

次日一早，老和尚把自己的梦讲给村里人听，怪呢，大家都说也做了同样的梦。众人纷纷议论起来：大虎二虎，就是双虎，一定是大家把他们想煞了。刚刚说到"想煞了"三个字，只见外面跑进一个陌里陌生的小伢儿来，这小伢儿头梳双髻，手里拿根杨柳枝，边跑边叫："大虎二虎来了！大虎二虎来了。"拉着老和尚就走。

老和尚被拉到寺旁边的竹园前面，小伢儿一晃就不见啦。老和尚抬头一看，哎呀呀，好大的两只黄毛老虎！那老虎一左一右伏着，呜呜地轻叫。老和尚一听这声音很熟悉，心想：难道它们真是大虎二虎变化的吗？于是大着胆子走过去，叫一声："大虎，二虎！"

两只老虎也不答应，只向老和尚亲亲热热地摆着尾巴。

老和尚用双手拍拍它们的背脊，说："徒儿呀，自从分别之后，我把眼睛都望穿了。今天总算见到了你们，为什么却变成这个样子了呢？唉，徒儿呀，起来吧，起来吧！"

老和尚把话说完，两只老虎果然站了起来。好几个躲在屋上、树上偷看着的乡邻，一见是这样，胆子也就大了，都一个个爬了下来。就在这辰光，那两只老虎轻吼了一声，一个纵跳，跳到老和尚禅房外的空地里，一低头，四只前爪啪啪啪地跑起土来，只一袋烟的工夫就跑成了一个大坑坑。跑好坑，两只老虎绕着老和尚走了一圈，又看看众乡亲。

突然，一声长啸，哗——双虎腾空而起。这下可不得了，只见大风过处，整个小山坳树木摇摆，竹林呼啸，乡亲们都被惊呆了，一个个像木鸡似的立着不动。等到风平树静，老虎早已无影无踪了。

大家这才松了口气，回转头来，却见虎爪跑出的大坑坑里已积起半潭清泉。清泉一亮一亮的，真逗人哪！再看看潭底，有一股像飞丝一样的泉脉还在不断地向上冒，过一会儿，便涨成满满的一潭。

人们越看越喜爱，便用双手捧起来喝着。啊，多好的泉水！那个甘美味啊，简直都透到心里去啦。于是，村里人都用木盆舀，水桶挑。不管你舀呀挑呀，潭水始终不浅。因为挑水的人太多，常常把水搅浑。后来有几个勤快的小后生就搬了一些青石板，砌出一口方方正正的泉井来。

这泉眼因为是老虎跑出的，所以就叫"虎跑泉"。后来这儿又盖起大寺院，就是现在的虎跑寺。

（搜集整理：郭榕、光路、倪土等）

[肆] 物产传说

故事之一： 打乌蛇

很多年以前，有个姓张的铁匠。他妈妈怀他的时候，有一天，在山脚下一个泉眼边洗衣裳，生下了他，扑通一声掉进泉水里，赶快捞起来，便给他取个名字叫张小泉。

张小泉长到三四岁，刚刚能走路，就蹲在炉边帮他娘拉风箱。长到八九岁，身个儿比砧子才高出一点点，就和他爸爸做对手，学着打小锤。等张小泉长成一个年轻力壮的小伙子后，就接过他爸的大锤了。张小泉自小聪明，肯用心学习，他爸爸又只有他这一个儿子，尽心把祖传的手艺教给他。

没几年工夫，张小泉不但学会了祖传的手艺，自己还在熔、铸、锻、打、磨各方面琢磨，想了许多办法，打铁的本领更是比他爸高出一筹。他铸的犁尖，耕起田来又深又快；他打的锄头，锄起地来又轻又巧；从他那儿买的菜刀，剁骨头也不会卷口。

张小泉一落娘胎便跌进泉水里，自幼就和水结上了缘。他长大以后，又整天靠在炉旁抡锤子，浑身是汗，少不了每天跳进河里去洗澡，所以游水的本领和打铁的手艺一样，也是很高的，不但能在水底睁眼看东西，还能伏在水里三天四夜，水面上连个气泡都不冒哩。

张小泉有三个儿子，拉扯大了，大儿子就接过了他的大锤，二儿子和哥哥做对手打小锤，小儿子帮忙拉风箱。

　　张小泉这人别样都好，就是生性暴躁，又爱管闲事，好打抱不平，所以得罪了财主富绅。在乡下立不住脚了，爷儿四个只好挑起铁匠担子，流浪到杭州，在大井巷内搭个席棚，开起一爿铁匠铺来。

　　大井巷在城隍山脚，是一处热闹的地方。张小泉在这里开铁匠铺，生意倒还不错。再加上他手艺精、人品好，爷儿们又肯下死力做生活，日子一天比一天过得好起来了。

　　大井巷里有口大井，井水很深，也很清凉，大街小巷家家户户都吃这口井里的水。有一天清早，大家都来挑水，吊起来一看，黑糊糊的，像烂泥浆，臭味直冲鼻子。真奇怪，昨天还是清清的，怎么一夜工夫就变了样呢？

　　后来，据一个老公公说，他小时候曾听老辈人讲过，这大井直通钱塘江，钱塘江上游有两条乌蛇，隔许多许多年就钻到这口清凉的大井里来交尾下蛋。乌蛇嘴里吐出毒涎，就把井水弄得像烂泥一样。

　　大家听了，忙问："这乌蛇什么时候才走呀？"

　　老公公回答说："那可不一定。"

　　"有没有办法制服它呢？"

　　"要制服它，只有下井去跟它拼！"

　　这口深不见底的水井，就是里面没有毒蛇，也没有人敢下去呀！

大家你望望我，我望望你，急得火烧火燎。

张小泉听说这事，带了儿子也挤进人群里来看个究竟。他皱起眉头，想了一下，拉住一个街坊说："拜托你到酒店买两坛老酒来！"又拖牢一位邻居说："麻烦你到药铺买两斤雄黄来！"

街坊邻居不知道他要做什么，就照着他的话把老酒和雄黄买来了。他又回过头去，朝大儿子吆喝道："快回家去拿我的大锤！"

张小泉剪刀

等他儿子拿了大锤回来，张小泉就把两斤雄黄倒进两坛老酒里。他顺手捧起一坛，咕嘟咕嘟一口气喝干了，接着，解开纽扣，脱下衣裳，露出紫红色的胸脯、鼓鼓突突的肌肉；又捧起另一坛酒，往自己头顶上一倒。

哗啦一声，雄黄酒从他头顶直淋到脚跟。大家看了，还来不及问他做什么，要不要帮忙，他一把夺过儿子手中的大锤，扑通一声跳进大井里去了。

张小泉喝了淋了解毒的雄黄酒，跳进井里，只觉得身子呼呼地往下沉，好一会儿才沉到井底。他睁开眼睛一看，嗨，井底里宽阔得很哩！他朝东找找，没发现什么；朝西寻寻，也没有发现什么。后来走到北面尽头，才看见暗角落里有两条漆黑发亮的乌蛇，有手臂那么粗，颈交颈地盘绕在那里。

张小泉眼明手快，不等两条乌蛇分开，就挥起大锤，吭当！吭当！吭当！一连三锤，锤锤都砸在两条乌蛇相交着的七寸上，把两条乌蛇的颈脖子砸得扁扁的，黏到一块了，两条乌蛇就这样甩甩尾巴死啦。张小泉砸死了乌蛇，便一手提着大锤，一手拎着蛇尾，屏住气，慢慢地泅出水面来。

等张小泉的头钻出水面后，围在井边守候了一整天的乡邻赶紧放下绳索，一把一把地将他拉上来。张小泉爬出井圈，就把两条乌蛇往地上一摔，吭当一声，把人们吓了一大跳。大家起先很害怕，后来看它们一动不动，真的死了，才敢走近去，伸手摸摸，冰凉冰凉的，拿棒头敲敲，梆硬梆硬的当当作响。传说是这两条乌蛇已成了精，炼成钢筋铁骨的缘故。张小泉要不是个老铁匠，恐怕还收服不了它们呢。

张小泉把两条死蛇拖回家里，看看又想想，想想又看看，看了三天，想了三夜，在纸上画出一个图样来。爷儿四个就照着图样，在蛇颈相交的地方安上一枚钉子，把蛇尾弯过来做成把手，又将蛇颈上面的一段敲扁，锉出刃口，磨得飞快飞快的。这样，就打造出第一把很大的剪刀来。爷儿们高兴了，便将这把剪刀挂在铁匠铺门前当做招牌，又仿着打造出许多剪刀来卖。

以前，人们裁衣用刀划，断线拿刀割，很不方便。张小泉造出剪刀以后，裁衣剪线就轻快方便得多了。因此大家都到张小泉铁匠铺来买剪刀，差点挤破了这小铺子，踏平了这店门槛，忙得张小泉爷儿们四个光打剪刀都来不及。

张小泉剪刀的名气越传越大，销路也越来越广，成了闻名全国的杭州特产。张小泉死了以后，他的三个儿子各立门户，三家铁匠铺都用"张小泉剪刀"的招牌。张小泉还收过不少徒弟，他们说："儿子好用阿爸的招牌，徒弟也好用师傅的牌子。"于是，也都挂起这个招牌来。儿子传儿子，徒弟传徒弟，杭州的张小泉剪刀店也就越来越多，数也数不清了。所以到后来，杭州的刀剪铺挂的都是清一色"张小泉剪刀"的招牌。

（整理者：徐光达）

故事之二：鸡笼山竹

西湖绸伞撑开时像孔雀开屏，收拢时变成圆竹一节。一节圆竹分成三十二根伞骨，三十二根伞骨拼成一节圆竹，开合灵活，非常别致。这种竹，最早产在鸡笼山。

鸡笼山在富春江下游，对面江心有块沙洲，叫"东洲沙"。早些时候，这一带是没有鸡笼山的，只一块东洲沙孤零零地搁在江心。东洲沙四时繁花竞开，绿柳轻拂，洲四面水波荡漾，风光绮丽。

这一年，飞禽国的公主金鸡姑娘来到东洲沙，在沙洲上养起了成千只金鸡。一年三百六十五天，金鸡姑娘天天领着五光十色的金鸡在树丛中觅食，在江滩上嬉戏。

饰有篆刻"长乐无极"的绸伞

绸伞

有一年中秋节，金鸡姑娘应约到报晓宫赴宴。回来时，已经月上中天了。她驾着金鸡飞呀，飞呀，当飞到富春江上空时，低头一看，嗬！江两岸明灯闪烁，江面上碧波生辉，富春江如在画中。

她正出神地看着，忽地，远处传来一阵轻轻的哭声。金鸡姑娘忙叫金鸡降落，自己踏上石级，循着哭声寻过去。在朦胧的月色中，她看到水边坐着一个中年男人，抱着头，哭得很伤心。

金鸡姑娘走过去,叫道:"阿叔,阿叔!……"刚刚叫上两声,那人就突然站起来,双脚一跳,嘭的一声响,跳进了富春江。

金鸡姑娘大吃一惊,连忙拂动衣袖叫金鸡赶快救人。金鸡听到主人的呼唤,展开翅膀,先在江面上贴水旋了三圈,接着一头钻下水去。只一歇歇工夫,金鸡跃出水面,把这人救上岸来。

金鸡姑娘一看,这人牙关紧咬,脸孔煞白,只剩一口气了。她马上呼呼气,化出一朵轻云,自己踏上云头,叫金鸡驮着这人,一同越过江面,回到了东洲沙。

金鸡姑娘把这人放在羽毛毯上,挑出三十六只金鸡焐在他身上,又拿一碗桃花蜜喂他,使他慢慢地苏醒过来。到第二天清早,这人已完全复原了。他对金鸡姑娘感激不尽,说自己名叫裘宝,家住北岸裘家埠,因为家里遭火灾,不能生活下去,才走这一条绝路。

金鸡姑娘听了很同情,取出一只光闪闪的金鸡蛋送给他,让他回去换点钱过活。

裘宝捧着这个金蛋,眼都花啦!扑一声跪在地上,对金鸡姑娘千恩万谢。金鸡姑娘忙把他扶起,叫金鸡驮起裘宝,送回北岸。

其实,这裘宝在金鸡姑娘面前讲的全是谎话。他是个好吃懒做又喜赌博的人,欠下侄儿很多赌债,还不出,常常被侄儿打骂。昨晚上又被打了一顿,逃出来。因为听见有人叫"阿叔",以为侄儿又找来了,心里一急,就跳进江里去了。裘宝做梦也没想到金鸡姑娘会救他，还送给他一只金蛋呢！

裘宝回到北岸后，想想江对岸有这么多的金鸡在生蛋，就眼红起来。第二天一早，他打了自己一顿巴掌，直打得脸肿鼻歪，接着又撕破衣裤，把撕下来的破布在腿上一包，寻只小船过了渡，一瘸一拐地来到东洲沙。他找到金鸡姑娘，在她面前一跪，痛哭流涕地说自己回去后当夜遇盗，金蛋被抢，自己又被打得这般模样。金鸡姑娘见他鼻青脸肿，就相信了，又取一只金蛋送给他。裘宝接过金蛋，千恩万谢地走了。

就这样，裘宝今天说是被强盗抢，明天又说被贼偷，三天一去东洲沙。起先，他每次都能骗来金蛋。后来，金鸡姑娘看出了破绽，就不再给他金蛋了，还告诉他，人应该靠自己劳动生活才对哩。

裘宝空着双手回来，又羞又恼，他恶狠狠地说："俗话说：无毒不丈夫。我不如来个'百碗好菜一锅端'，只要沙洲上的金鸡全都弄到手，还怕成不了天下第一大富翁！"

于是，裘宝请来了许多篾匠，躲在深山坞里，足足花了半年时间打造成了一只收宝鸡笼。这鸡笼又高又大，能张能合，只要拨动暗塞，四周的竹帘会一起翻落来。

这一天，裘宝将收宝鸡笼撑开，放在江北平滩上，上面披红扎绿，挂灯结彩，装扮得很漂亮，就渡江来到东洲沙，假称是为报答救命赏宝之恩，已在北岸建起一座金鸡殿，今日特备好菜好酒，请金鸡姑娘带这群金鸡同去赴宴。

金鸡姑娘见裘宝这样殷勤，不好推却，就带着金鸡去了。裘宝叫人吹吹打打，自己三步一叩头地请金鸡姑娘进殿入席。金鸡姑娘刚刚坐好，裘宝就去拨动暗塞，突然，啪嗒一声响，四周的竹帘一起翻落了。

金鸡姑娘见自己和金鸡都被关在里面，生气地问："裘宝，你这是干啥？"

裘宝嘿嘿一笑，说："实话相告吧，从今以后，你们都得听我的使唤了。"

金鸡姑娘这才明白裘宝的奸计，却不动声色地说："裘宝，今天我总算看清你是一个什么人了。要知道心肠恶毒，天地难容啊！我劝你快快回心转意吧。"

裘宝转着圆溜溜的眼珠说："哈哈！现在你不过是我的管鸡丫头呀。要活命，你就先叫金鸡给我下起蛋来！"

金鸡姑娘一见这样，就说道："那我也实话相告，从今以后，你就别想再得到半只金蛋啦！"

裘宝两手叉腰，大声说："我会杀鸡取蛋！"

金鸡姑娘轻蔑地笑笑，说："那就试试看吧。"

这下，裘宝倒犯难了。心想这鸡关在里面，不好舸呢。如果鸡笼一撑开，金鸡姑娘一定会带这群金鸡跑掉的，我不如先收拾了她。

裘宝取来弓箭，拉弦上箭，对准金鸡姑娘便射，一箭、两箭、三箭……一直射了三十二箭，支支都被金鸡姑娘接在手中。裘宝一摸箭囊，已经空啦。金鸡姑娘这才开口说："还有吗? 再来吧。"

　　裘宝这下慌了。他看看金鸡姑娘手中的那一把箭，禁不住腿脚也发软了。

　　就在这辰光，金鸡姑娘轻拂衣袖，一道金光闪过，这收宝鸡笼立刻化成了几丝青烟，裘宝一见拔腿就跑。金鸡姑娘微微一笑，马上摘下发髻上的头绳，把三十二支竹箭的箭头一扎，随后抛上天空。那把竹箭在空中一旋，箭尾一下撒开，变成个锥形的罩儿。那罩儿继续旋转，越旋越大，猛地向下一落，就把裘宝罩住了。

　　裘宝在锥形的罩儿里乱跌乱撞了一会，便伏在地上连连叩头："金鸡姑娘饶命，金鸡姑娘饶命!"

　　金鸡姑娘说："我是救命不饶命的人，你等歇就会知道的。"

　　说着，金鸡姑娘叫全数金鸡飞向高山大江，衔来沙石，一起向裘宝头上泻去。

　　一天两天三天，一月两月三月……慢慢地，这地方堆起一座小山来。因为三十二支竹箭埋在这座小山里，它撑开时的形状与收宝鸡笼差不多，所以人们就把这座小山叫成"鸡笼山"。

　　从此以后，金鸡姑娘带着她的金鸡离开了东洲沙，寻找别的地方去，再没有回来过。

隔一年，鸡笼山长起了一株新竹——它是从那把三十二支的竹箭上长出来的。

又隔一年，长出了两株；再隔一年，长出了四株。这样一年一年地翻上去，没多少年，鸡笼山就出现了一批绿葱葱的竹林。

时间一年又一年地过去，鸡笼山的竹子越长越密，越挤越紧……竹子把身子挤高、挤直了，把竹节挤稀、挤平了。当人们第一次砍伐的辰光，出现了一种奇怪的现象：砍下来的竹子，如果在地上重重一摔，马上会裂成均均匀匀的三十二瓣，裂缝过节不偏。

又过了许多年，竹林慢慢地被人们砍稀了，竹子的这种碎裂现象也慢慢地消失了。但是，它们还保留着容易分成三十二瓣的特性，开劈很方便。人们就利用这种材料制成西湖绸伞的伞骨，一直传到今天。

（搜集整理：赵和松）

[伍] 民俗传说

故事之一：蚕花娘子

很早以前，杭州里佛桥有个聪明能干的小姑娘，名叫阿巧。阿巧九岁时，娘死了，丢下她和一个四岁的小弟弟。爹没法照管，又讨了一个后娘。后娘坏心肠，待阿巧姐弟很凶很凶，寒冬腊月还要阿巧放羊割草。

这年深冬，有一天，阿巧背着竹筐，冒着北风去割草。在这天寒地冻的时候，哪里还有青草呀！阿巧从早晨跑到傍晚，从河边找到山腰，眼看太阳快落山了，连一根草也没有找到，回家又要挨打了。她身上又冷，心里又怕，就坐在山顶上呜呜地哭了起来。哭着哭着，突然听到头顶上有一个声音叫道："要割青草，半山岙岙！要割青草，半山岙岙！"

阿巧抬起头来，见是一只白头颈鸟儿扑棱棱地向山岙里飞去。她就站起身，擦干眼泪，跟着白头颈鸟儿走去。拐个弯，那白头颈鸟儿一下不见了。只见山岙口挺立着一株老松树，青葱葱的像把大伞，罩住了岙口。阿巧拨开树枝，绕过松树，忽地眼前一亮，看见一条弯弯曲曲的山路，路边是一条小溪，小溪岸边开满红花绿草，美得像春天。

阿巧见着青草，就像见到宝贝一样欢喜，赶忙蹲下身子割起来。她边割边走，越走越远，不知不觉到了一个地方，抬头一看，见山坡坡上有一排整整齐齐的屋子，白粉墙，白盖瓦。屋前有一片矮树林，那树叶绿油油的比巴掌还大。有一群姑姑，穿着白衣白裙，手里拎只篮儿，在矮树林里采

《蚕花娘子》剧照

树叶。有个白衣姑姑见了阿巧，向她招招手，说："小姑娘，难得到这里来，就在我家住几天吧！"阿巧见这地方这么好，很高兴，就住下来了。

从此以后，阿巧就跟白衣姑姑们一起，白天在矮树林里采树叶，晚上用树叶喂一种又白又软的小虫儿。小虫儿长大了，吐出亮晶晶的细丝丝，结成一个个雪白的小核桃儿。白衣姑姑教她把小核桃抽成丝线，又用树籽籽儿染上颜色，青籽儿染的是蓝丝线，红籽儿染的是红丝线，黄籽儿染的是金丝线……白衣姑姑告诉阿巧，这些雪白的小虫儿叫做"天虫"，这五颜六色的丝线，是专门给织女织云锦，给天帝绣龙衣的。

阿巧住在山旮旯里，日子过得很快，一晃三个月过去了。这一天，她想起了弟弟，想叫弟弟也到这里来过好日子。第二天天刚亮，她来不及告诉白衣姑姑，急急忙忙回家了。临走的时候，她带走了几条小天虫，想让村里人去看看，还采了一袋树籽籽，一路走，一路丢，心里想：明天沿着树籽儿走回来，就不会迷路了。

阿巧回到家里一看，爹已经老了，弟弟也长成小伙子啦。爹见阿巧回来了，又高兴又难过地问："阿巧呀，你怎么去了十五年才回来呀？"

阿巧听了大吃一惊，就把怎样上山，怎样遇见白衣姑姑的事告诉了他爹。左邻右舍知道了，都跑来看她，说她是遇上仙人啦。

第二天一早，阿巧想回到山岙岙去看看。刚跨出门，抬头望见沿路一道绿油油的矮树林，原来她丢下的树籽儿都长成树了。她沿着树林一直走到山岙口，却再也找不到路了。

阿巧正在对着老松树发呆，忽见那只白头颈鸟儿从老松树背后飞了出来，叫着：

"阿巧偷宝！阿巧偷宝！"

阿巧听了，想起临走的时候没有和白衣姑姑说一声，还拿走了小天虫和树籽籽儿，一定是白衣姑姑生气了，隐掉了山路，不让她再去了。她就回到家里，采来许多嫩树叶，把几条天虫喂养起来。

从那时候起，人们就开始养蚕育桑，人间才有了丝绸。据说阿巧碰见的白衣姑姑，就是掌管蚕茧年成的蚕花娘子。

（讲述者：俞连根　搜集整理者：宋光甫）

故事之二： 嫁女不嫁地

农村有句俗语："嫁女不嫁地，嫁女若嫁地，风水被夺去。"这句话的出典在杭州留下石马村。

从前，石马村有一个财主，生有一女，虽貌不惊人，但却聪明过人，父亲视为掌上明珠。

一天，财主请来一位风水先生，要移葬祖坟，请先生寻一块风水宝地。风水先生指着对面的山说："平地起凸，午潮笔架，形似金盘托荔枝，不出将相，定出大官，信不信三天见分晓。"财主听了心里非常高兴。风水先生又叫财主拿三只鸡蛋，明天一早埋在土中，三天之内就能孵出小鸡。风水先生的一番话被站在一旁的女儿听在肚里，记在心里。

第二天财主跟女儿一起来到风水先生指定的那块地，将三只鸡蛋埋入土中。三天过去了，财主喜洋洋地翻开黄土，只见三只鸡蛋只只发臭，心中很是气恼，移葬祖坟的事也就搁了下来。

一过三载，女儿长得像花一朵，上门说媒的真是要踏破门槛。好爱不爱，这位小姐偏偏爱上了家里一位姓徐的长工。财主没有办法，只得听由女儿。到了快要出嫁时，财主问起了女儿：“我家虽称不上百万富豪，但也有“富豪”之称。父亲打算为你添置点嫁妆，盖幢瓦房，金银首饰由你挑。”

女儿听了微微一笑：“爹爹，女儿啥都不要，金山银山要吃空。只要有地，我们俩有的是力气，他种地，我织布，生活一定好过的。我只要爹爹陪嫁一块地就够了。”父亲听了觉得倒也有理，就把那块荒山地陪嫁给女儿了。

女儿一到徐家，就叫丈夫偷偷地把祖坟移葬到父亲陪嫁的那块地上。然后，男耕女织，恩恩爱爱地过着日子。

隔了一年，妻子产下一子，小孩生来聪明，后来果然做了大官。原来财主叫女儿埋的蛋是被她用开水煮过的，所以小鸡也就孵不出来了。小姐聪明有私心，夺了风水宝地。以后，那些做父母的怕风水被女儿夺去，嫁女再也不陪嫁地了。

（讲述者：张阿照　记录者：孙大正）

[陆]　其他传说

故事之一：望娘十八湾

杭州南面有一座山叫"灵山"，登上山顶往下看，从山脚往东的一条山路曲曲弯弯，数一数有十八个弯头。提起这事，当地有一个"望娘十八湾"的传说。

相传，在灵山脚下，住着一对姓梅的夫妻，家境贫寒。这对夫妻到晚年才生得一个儿子，爱如珍宝，总想望子成龙，给孩子取名阿龙。阿龙长到十来岁时，聪明伶俐，活泼可爱，十分讨人喜欢。

有一天，阿龙去钱塘读书，路过灵山山脚风水洞时，只见溪坑里有两只蟹在争抢一颗明珠，阿龙觉得稀奇，便随手拾起珠子上学堂去了。在学堂里，几个小孩看到阿龙拾到一颗明亮的珠子，都围了拢来，你夺我抢争着要看。阿龙怕珠子被人家夺走，赶紧跑上去，

九溪十八涧

从一个叫阿牛的小孩手里夺了回来，张口含在嘴里。阿龙搞来搞去，一不小心，珠子吞到了肚里。

阿龙吞下珠子后，全身发痒，十分难受。读书时，先生看到阿龙用手搔着身体，东摇西摇的，同他讲话，一点也不听。先生又气又恼，拿起桌上的砚台，将乌黑的墨水一古脑儿向阿龙身上泼去，阿龙的身体被墨汁染得墨黑。

回到家里，阿龙娘看到阿龙全身被墨汁染得乌黑，便连忙叫他蹲在脚盆里洗澡。谁知，阿龙刚站进盛满清水的脚盆里，顿时，天昏地暗，雷电交加，风雨大作。阿龙两脚发飘，连人带水往天上徐徐飘去。二老看到自己的阿龙变成乌龙飞上天去，伤心至极，边哭边追，嘴里不停地叫着："阿龙！阿龙！"阿龙听到娘亲的叫声，实在不忍离去，一程一回头，直到听不见娘叫声看不见娘身影才往扬子江上空飞去。

乌龙在天上望娘回头的地方，在地上留下了九曲十八个弯道。乌龙上天后，阿龙的双亲心里悲痛，日日盼望，夜夜啼哭。乌龙惦念双亲，年年清明节前后飞回家乡一次。到时，灵山山边就有一阵大风大雨。老年人会告诉你，这是乌龙回家来啦。那十八个弯道，后人就称它为"望娘十八湾"。

在望娘十八湾边的山上，人们栽种了茶树，炒制的红茶色彩发乌，形状也弯曲如龙，老百姓就称它"九曲乌龙茶"。

（讲述者：柳山寅　　记录整理者：柳再春）

故事之二：城隍山上看火烧

"城隍山上看火烧"是杭州人的一句口头语。要讲它的出典，知道的人恐怕就不多了。

清朝咸丰年间，太平军将杭州城包围得水泄不通。城里的老百姓高兴万分，都盼望太平军早日攻进杭州。可是驻守在城里的清军官兵们却胆战心惊，特别是那些当官的，平时耀武扬威，欺压百姓，这时却急得像热锅上的蚂蚁，整天挤在旗下的大营里商量对策。

一天早上，清军主将正召集幕僚部将议事，探子来报，说城外太平军在收集松香、硫磺、火药、弓箭等物。未等说完，那主将一惊，从坐椅上跳了起来，众部属也都大惊失色，心想莫非太平军要火攻？城里兵营连着兵营，房屋连着房屋，火一烧着那还了得，怕连逃命都来不及了，这怎么不叫他们急煞呢！正在惊慌之际，有个姓汪名飞的幕僚躬身对主将说道："大帅莫急，卑职有一末策在此。"

"快快说来，快快说来！"主将连声催促。

汪飞道："想我城中固然怕火攻，但水来土掩，火来水浇，只要扑救及时，也能化险为夷，故不必惧怕。"

主将一声冷笑，说道："你讲得轻巧。这大火一起，人马哄乱，晕头转向，如何还能救火？"

汪飞道："大帅莫忧，卑职早有盘算。我城之中，数城隍山地势最高，登上山顶，满城皆在眼下。只要派人上山瞭望，看到哪里起火，就指挥人去哪里扑救，何愁贼兵逞凶？"

城隍庙里的城隍爷

主将又道："帐下兵丁，守城尚且不足，哪能调往山上瞭望救火。"

汪飞道："城中百姓，共有数十万之众，何不将他们驱赶上山，再派少数官兵看守督率，到时令其救火，他们敢不从命？"

主将听后大喜，连声叫好，当众称赞了汪飞几句，就令汪飞上山督率，并许愿事成之后重赏白银三千两。

当天下午，汪飞就带领一队官兵，连拖带拉地将百姓陆续赶上了城隍山。老百姓扶老携幼，背驮肩挑，风餐露宿，叫苦连天，个个心中恨透了这批害民贼子，巴望着太平军立刻将火箭射进城里，把清兵烧得一个不剩。

太平军好像也真晓得老百姓的心意。就在这天夜里，更鼓刚敲两下，忽听得城外一声炮响，随即一支支流星般的火箭铺天盖地射进城来。说来也奇，每支火箭都像长了眼睛似的，一不烧民房，二不烧草舍，就是直往兵营里钻，烧得处处起火。旗下大营的帐房、车马、兵甲、粮草等统统着了火。火光熊熊，烈焰腾腾，顿时成了一片火海！山上的老百姓看到这情景，无不拍手称快。

这下子急坏了汪飞，他气急败坏地扯起破锣嗓子，跳来跳去地骂道："不准看，不准看！快下山去救火，违抗者斩首！"可又有谁去听他的。汪飞赶到东边，大家跑到西边；汪飞赶到西边，大家又涌到东边。大家边看边叫着："烧得好！烧得好！"老百姓只管看火烧，死

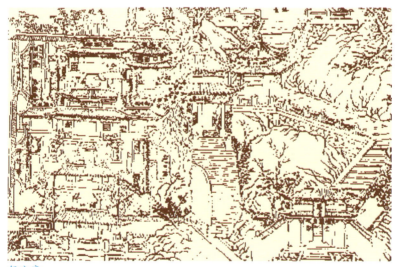

伍公庙

吴山大观

也不肯下山。汪飞要杀又不敢杀，杀了老百姓叫谁去救火？眼看着火越烧越旺，汪飞想起营盘里还有自己多年搜刮得来的金银财宝，再不回去抢救，定会烧得精光，于是他顾不得吓唬老百姓，带着那伙兵丁滚下山去了。

老百姓在城隍山上看了一夜的火烧，到了第二日天亮，听说太平军已经进了城里，就欢天喜地地下山回家了。因为有了这段故事，"城隍山上看火烧"也就成了杭州人的一句口头语。

（搜集整理者：吴流生）

西湖传说的传播

西湖传说既为各类文学艺术所利用，同时也因各类文学艺术的利用得以广泛传播。千百年来，西湖传说正是借助了评话、宝卷、杂剧、传奇、民间曲艺以及文人笔记等多种文学艺术形式，才得以广泛、深入地流传于民间，并焕发出炫目的光彩。

西湖传说的传播

艺术具有历史继承性、相互渗透性和彼此利用性，民间传说也不例外。西湖传说既为各类文学艺术所利用，同时也因各类文学艺术的利用得以广泛传播。千百年来，西湖传说正是借助了评话、宝卷、杂剧、传奇、民间曲艺以及文人笔记等多种文学艺术形式，才得以广泛、深入地流传于民间，并焕发出炫目的光彩。时至今日，随着层出不穷的大众传媒的迅速发展和各种各样的民间艺术品的生产制作，西湖传说的传播形式也越来越多样化。在此，择要列举一些较有社会影响力的作品，从中可以大致了解西湖传说在当代的传播状态。

[壹]西湖传说与舞台艺术

一、有关西湖传说的戏曲

杭剧《苏小小》剧照

越剧《卖油郎与花魁女》、《李慧娘》、《梁山伯与祝英台》、《白蛇传》、《苏小小》、《三救郎》、《忠烈记》、《孤山情》、《柳浪闻莺》、《雷峰塔》；京剧《白蛇传》、《济公大闹

越剧《梁山伯与祝英台》剧照

婺剧《白蛇传·断桥》剧照

京剧《东坡宴》剧照

秦相府》、《东坡宴》、《新白蛇传》；昆剧《寻太阳》、《李慧娘》；杭剧《寻太阳》、《李慧娘》、《银瓶》、《断桥》、《苏小小》；川剧《柳荫记》；绍剧《于谦》；婺剧《钱江东去》。

二、有关西湖传说的舞蹈

杨丽萍表演的《白蛇舞》；陈露表演的冰上舞蹈《梁祝》；江苏省歌舞团表演的《白蛇传》、《化蝶》；汪小舟表演的舞蹈《白蛇》，进入第八届全国舞蹈比赛决赛；双人舞《青蛇白蛇》，参加中央电视台综艺频道第三届舞蹈大赛。

三、有关西湖传说的其他艺术形式

舞剧《白蛇与许仙》、《白蛇传》（意大利）、《白蛇青蛇恩仇记》

王超堂评话《乾隆下江南》

王春镛说"水浒"

（马来西亚）、《宋城千古情》；芭蕾舞剧《梁山伯与祝英台》（辛丽丽编舞）、《梁祝》（瑞典佩尔·伊斯伯格编导）；粤语歌舞剧《白蛇传》；音乐剧《白蛇青蛇》；话剧《苏东坡》；木偶剧《白蛇传》；单口相声《济公传》（郭德纲表演）。

[贰]西湖传说与美术

一、有关西湖传说的连环画

《明珠》，胡永凯绘画，浙江人民出版社1979年版；《小黄龙》，罗希贤绘画，浙江人民出版社1979年版；《康熙题匾》，徐有武绘画，浙江人民美术出版社1980年版；《臭秦桧》，王耀南绘画，浙江人民美术出版社1980年版；《一线天》，高志岳绘画，浙江人民美术出版社1980年版；《白蛇传》，颜梅华绘画，浙江人民美术出版社1981年版；《白蛇传》，孙昌茵绘画，上海人民美术出版社1981年版；《白蛇传》，张泽芯、刘维良绘画，上海《新民晚报》副刊1981年2月连载；《断桥生死缘》，黄小金、兰草绘画，浙江人民美术出版社1988年版；《西湖景点故事彩色连环画》，浙江人民美术出版社2000年版，全

明代连环画《忠义水浒全传图》之"神归涌金门"

明刻本插图中的岳飞抗金故事

十册，包括《白蛇传》（戴敦邦绘画）、《运木古井》（施大畏绘画）、《一线天》（吴永良绘画）、《飞来峰》（吴山明绘画）、《虎跑泉》（刘国辉绘画）、《六和镇江》（戴敦邦绘画）、《明珠》（华三川绘画）、《三潭印月》（吴山明绘画）、《小黄龙》（顾炳鑫绘画）和《玉泉》（顾炳鑫绘画）。

二、有关西湖传说的壁画

北京首都国际机场壁画《白蛇传》；宁波梁祝文化公园陶瓷壁画《蝶恋》、铜雕壁画《梁祝化蝶》；杭州剧院彩瓷嵌壁画，主题内容为"梁祝十八相送"和"许仙白娘子西湖相会"，2000年杭州剧院改扩建后，已不复存在。

山西洪洞下村戏台壁画《断桥》　　　　　岳庙忠烈祠大殿内壁画

三、有关西湖传说的雕塑

白娘子、小青、许仙游湖塑像，立在重建的杭州雷峰塔下；许仙塑像，陈列在杭州河坊街保和堂门口；梁祝共读雕像，陈列在杭州

鸡血石雕《钱王功绩图》木雕《岳母刺字》　　　　雕塑《白娘子与小青》

万松书院毓秀阁内；化蝶雕塑，陈列在宁波梁祝文化公园音乐广场上；梁山伯塑像，陈列在宁波市鄞州区梁山伯庙；西湖龙凤舫铜船，由朱炳仁以西湖传说为题材设计，行驶于西湖之上。

[叁]西湖传说与音乐

小提琴协奏曲《梁祝》，由何占豪、陈钢创作；朱哲琴的《白蛇舞》；张火丁《白蛇传》专辑；丁当的《白蛇》，出自《离家出走》专辑；张元蒂的《2003白蛇传》，出自同名专辑；阿罗的《白蛇传》，出自《花落有期》专辑；张永智的《白蛇传》，出自《诗态》专辑；罗心洁的《白蛇传》，出自《弱水》专辑；童丽的《梁祝》，出自《零时十分》专辑；刘锡明的《梁祝》，出自《问世》专辑；林冠吟的《梁祝》，出自《我是火星人》专辑；王岩佐的《梁山伯》，出自同名专辑；周晓鸥的《如果我是梁山伯》，出自同名专辑；谢安琪的《祝英台》；张智成的《梁山伯与祝英台》；吴奇隆的《梁祝》；刘若英的《蝴蝶》。

[肆]西湖传说与影视艺术

一、有关西湖传说的电影作品

范瑞娟、袁雪芬版《梁山伯与祝英台》，1953年上海电影制片厂出品，由桑弧、黄沙导演的越剧电影；林黛版《白蛇传》，1962年香港邵氏影业公司出品，由岳枫导演的黄梅调戏曲片；凌波、乐蒂版《梁山伯与祝英台》，1963年香港邵氏影业公司出品，由李翰祥导演的黄梅调戏曲片，该片获第二届台湾电影金马奖最佳剧情片、最佳导演、最佳女主角、最佳音乐、最佳剪辑、最佳演员特别奖，第十届亚洲影展最佳彩色摄影、最佳音乐、最佳录音、最佳美术设计奖；林青霞版《真白蛇传》，1978年出品；李炳淑版《白蛇传》，1980年上海电影制片厂出品，由田汉编剧的京剧《白蛇传》改编而成，该片1980年获文化部优秀舞台艺术片奖，1982年获第五届《大众电影》百花奖最佳故事片奖；林青霞版《新白蛇传》，1982年出品；王祖贤、张曼玉版《青蛇》，1993年上海电影制片厂、香港思远影业公司出品，由徐克、李碧华编剧，徐克导演；周星驰版《济公》，1993年香港邵氏影业公司出品，由杜琪峰、程小东导演；吴奇隆、杨采妮版《梁祝》，1994年香港嘉禾公司出品，由徐克

电影《梁山伯与祝英台》剧照

导演；濮存昕、胡慧中版《梁山伯与祝英台新传》，1994年南海影业公司出品，由刘国权导演。

二、有关西湖传说的电视作品

白蛇传系列：五十集电视连续剧《新白娘子传奇》，1992年香港电影公司在杭州西湖断桥等地拍摄，由赵雅芝饰白素贞，叶童饰许仙；二十集电视连续剧《白蛇后传之人间有爱》，1995年新加坡新传媒制作有限公司拍摄，由刘秋莲饰白素贞，王昌黎饰许仙；三十集电视连续剧《青蛇与白蛇》，2001年新加坡新传媒制作有限公司与台湾"中视"合拍，由范文芳饰白素贞，李铭顺饰许仙；三十集电视连续剧《新白蛇传》，2006年中央电视台投资拍摄，由刘涛饰白素贞，潘粤明

电视剧《梁山伯与祝英台》剧照（董洁饰祝英台）

饰许仙。

梁祝系列：二十三集电视连续剧《新梁山伯与祝英台》，1992年，由贾宏声饰梁山伯，千百惠饰祝英台；四十七集电视连续剧《新梁山伯与祝英台》，1999年，台湾民视拍摄，由赵擎饰梁山伯，贾静雯饰祝英台；四十二集电视连续剧《新梁山伯与祝英台》，又名《少年梁祝》，2000年，台湾"中视"拍摄，由罗志祥饰梁山伯，梁小冰饰祝英台；四十一集电视连续剧《梁山伯与祝英台》，2007年，湖南时代明星传媒有限公司发行，由何润东饰梁山伯，董洁饰祝英台。

苏小小系列：二十四集电视连续剧《一代名妓苏小小》，2001年，由王亚梅饰苏小小，佟瑞欣饰阮郁；五集电视连续剧《苏小小》，2007年，杭州电视台影视频道投资拍摄的杭剧电视剧，由蔡婕饰苏小小，娄宇健饰阮郁。

济公系列：八集电视连续剧《济公》，又名《济公外传》，1985年，由游本昌饰济公；二十集电视连续剧《济公活佛》，1986年，香港ATV制作，由林国雄饰济公；三十集电视连续剧《活佛济公》，1996年，新加坡，由谢韶光饰济公；二十集电视连续剧《济公》，1997年，香港TVB制作，由梁荣忠饰济公；二十集电视连续剧《济公游记》，1998年，北京本昌文化艺术传播中心、格力电器股份有限公司、浙江有线电视台、北京国安广告总公司联合制作，由游本昌饰济公；四十集电视连续剧《济公传奇》，2000年，香港ATV制作，由麦

嘉饰济公；三十集电视连续剧《济公新传》，2005年，浙江华策影视

和北京国立常升影视文化传播有限公司联合制作，由张默饰济公；

二百九十七集电视连续剧《济公》，2007年，台湾民视制作，由龙劭

华饰济公。

三、有关西湖传说的动画作品

动画电影《白蛇传》，由日本东映动画制作，薮下泰司导演；动

画电影《梁祝》，由上海美术电影制片厂与台湾"中影"公司拍摄，

梁山伯与祝英台（动画）

蔡明钦导演；大型三维动画片《西湖民间传说故事系列·济公》，由杭州盛世龙吟数码科技有限公司制作，俞欢导演，2006年在意大利第十届海湾动画节上获得了七至十二岁儿童区优秀电视连续剧奖；剪纸动画《梁祝》，由东华大学服装学院钱柏西创作。

[伍]西湖传说与工艺品

年画：《西湖民间故事》、《白蛇传》、《梁祝》、《凤凰山》、《园柳》等。

剪纸：《白蛇传》、《梁祝》等。

山东年画《许仙游湖》

陕西凤翔年画《游湖借伞》

版画《游湖借伞》

陕西凤翔年画《扣金钵》

年画《庆投师梁祝结金兰》

织锦：古香缎《断桥借伞》等。

火花：《白蛇传》，一套四枚，在上海、昆明等地印制。

东阳木雕：《白蛇传》，陈列于重建的杭州雷峰塔内。

邮票：《许仙与白娘子》特种邮票，国家邮政局于2001年12月发行，另在朝鲜、加纳、澳大利亚等国也发行过关于《白蛇传》的邮票；《梁

梁祝版画

山伯与祝英台》特种邮票，国家邮政局于2003年10月发行。

由此可见，在西湖传说众多的故事中，以白蛇传传说和梁祝传说传播得最为深远，影响力也最大。

西湖风景剪纸之一

潮州剪纸《草桥结拜》

西湖风景剪纸之二

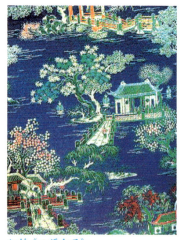

织锦《三潭印月》

"梁祝传说"邮票

古香缎中的西湖传说故事

"白蛇传传说"邮票

织锦装饰画《西湖全景》

西湖传说的价值

由于西湖传说深深扎根于民间，极富生活气息和地方特色，有着极高的审美价值。它常常成为文学、戏剧、影视、美术创作的源泉，还在历史学、民俗学、文化人类学等方面具有科学研究价值，是我们认识杭州，认识西湖，理解吴越祖先的一把金钥匙。

西湖传说的价值

西湖，不仅以其"淡妆浓抹总相宜"的优美自然风光享誉世界，还以围绕这些山水景物而展开的历史文化画卷为人们所称道。在源远流长的吴越文化的土壤里滋长起来的西湖传说，是在雅俗文化交融的历史进程中发展、丰满起来的。许多口头故事很早就受到文人关注，被记录成文字，有的还屡屡被文人笔记、传奇、戏曲、宝卷移植改编。在主题深化、情节丰满、形象生动等方面，历代作家、艺人和西湖一带的民众共同努力，取长补短，才使今天的西湖传说得以焕发出如此炫目的光彩。

由于西湖传说深深扎根于民间，极富生活气息和地方特色，有着极高的审美价值，它常常成为文学、戏剧、影视、美术创作的源泉，还在历史学、民俗学、文化人类学等方面具有科学研究价值，是我们认识杭州，认识西湖，理解吴越祖先的一把金钥匙。

[壹]西湖传说的现实思想价值

西湖传说以其独特的民间方式真实而生动地记录、保存了杭州地区的社会历史状况，反映了人民的现实生活，体现了人民的道德理想、审美观念和思想愿望，具有重要的现实思想价值。

首先，西湖传说表现了人们勇于与自然作斗争，战胜自然、征服自然的精神。如《寻太阳》传说就是一篇描写人们历经艰难险阻寻找并夺回被魔王抢走的太阳的故事，反映了人们在争取光明和幸福，反对黑暗现实的斗争中的坚毅、勇敢、不折不挠的英雄气概。故事刻画了刘春夫妇和儿子保俶一家三口的英雄形象。夫妇同心，象征了人们在争取光明斗争中的团结；父子相承，则象征了人类文化的承续性。又如《石人岭》传说描写的是人们开凿石壁、寻找泉水的故事，反映了人们迎难而上、坚持不懈的精神。尤其是主人公水儿，主动承担打下最后一锤的重任，而被喷出的石浆凝固成了石人。他为了人民的利益而勇于献身，体现了崇高的精神品质。

其次，西湖传说表达了人们反对贪官污吏和各种社会败类，揭露黑暗、鞭笞邪恶的情感。如《华家池》传说描写了以三扣一家为代表的佃户们的悲惨遭遇，揭露了华太师的自私冷酷、出尔反尔，管家臭鼻头的狡猾奸诈、心狠手辣。故事的最后，三扣化为巨龙，回来报仇雪恨，将华太师和官员绅士们全都淹死在了池塘里，而那些被赶走的穷佃户则得以重归家园，在池塘边安居乐业，反映了人们为战胜邪恶而英勇斗争的精神。还有《望仙桥》传说里的知府、《瑞石》传说里的县太爷、《油炸桧》传说里的秦桧，都是十恶不赦的罪人，传说对他们进行了无情的讽刺和有力的鞭挞。

其三，西湖传说歌颂了劳动人民勤劳、善良、机智、勇敢的优秀品质，反映了人民对自由、幸福生活的追求和渴望。如《白娘子》传说，借白娘子这一理想形象，盗取由人民血汗积聚起来的"钱塘银库"，帮助许仙开设药铺、建立家园，过上夫妻和睦相处的美满生活，反映了人们追求家庭幸福、安居乐业的愿望。白娘子还是一个有情有义，勇于追求幸福理想，富有斗争精神的女性。又如《杏婵》传说，塑造了勤劳好心、聪明能干的杏婵这一女性形象。她敬重公婆、体贴丈夫、持家有道、乐于助人，使得宋老爹一家兄弟同心，妯娌和睦，远近闻名，甚至连皇帝也听闻杏婵的聪明美丽而想将她抢进宫去。最后，在杏仙的帮助下，杏婵一家搬到了西湖底下，永远过着平安、幸福的日子。

此外，西湖传说还表达了人们对历史名人的怀念之情。因为西湖山水的优美迷人，吸引了历史上很多著名人物，他们或是宦居游历，或是隐居避世，或是埋骨于西子湖畔，都与西湖产生了千丝万缕的联系，从而使得很多历史人物的美名与西湖交相辉映。如《白公堤》中的白居易、《画扇判案》中的苏轼以及《钱王射潮》中的钱镠，他们都对杭州、西湖的治理有过突出的贡献。这些传说，讴歌了他们的业绩，表达了人民对他

葛洪炼丹

们的崇敬、爱戴与怀念之情。

钱镠像

总之，无论虚构了多少幻想的成分，增添了多少传奇的色彩，归根结底，西湖传说依然是艺术地模仿生活与再现生活。透过其离奇的情节和幻想的外表，我们不难看出它浓厚的生活底蕴。因此，西湖传说是反映现实的活化石，是我们认识社会、研究当地人民生活及其思想观念的重要资料。

[贰]西湖传说的文学资料价值

西湖传说为文艺创作提供了众多素材，极大地丰富了中国文学艺术的宝库。西湖传说的文学资料价值，主要体现在以下两个方面。

一、西湖传说为民间文艺的其他体裁提供了题材资料的来源

西湖传说为民间文艺的其他体裁，诸如民间歌谣、民间说书、民间戏曲等，提供了丰富的题材资料。以梁祝传说为例，据路公的《梁祝故事说唱集》研究，宋词中就有"祝英台近"词牌，可见宋代已普遍传唱祝英台的歌了。梁祝传说在与各地歌谣曲调相结合后，形成了各种各样吟唱梁祝的民歌。具体有：流传于全国各地的《梁山伯与祝英台》两千八百四十五行、《梁山伯与祝英台结义兄弟攻书传》两千五百行、《柳荫记》六百七十七行；流传于浙江

明代万松书院图

川剧《白蛇传》剧照

北部、湖北、湖南、江西、安徽的《梁祝叙事山歌》两千八百八十五行；客家民间叙事山歌《梁山伯与祝英台》两千七百五十行；苗族民间叙事山歌《苗岭梁祝歌》一千三百二十五行；壮族民间叙事山歌《梁山伯与祝英台》九百六十六行；土家族民间叙事山歌《梁山伯与祝英台》五百行；瑶族民间叙事山歌《英台恨》四百一十六行；畲族传统传说歌《梁祝山歌》五百一十行等。

又如白蛇传传说，有流传于江苏南通的《白蛇公子》及畲族叙事长歌《白蛇传》，以及流传于安徽省霍邱县一带的民间小调《白蛇叹十不该》等。而迄今为止我们所能读到的最早的两个讲述白蛇传故事的文本，都是话本。根据田汝成的《西湖游览志》、《西湖游览志余》以及吴从先的《小窗自纪》等记载可知，在南宋时期，已出现关于白蛇故事的话本。大约成形于南宋后期的话本《西湖三塔记》（载于明嘉靖年间钱塘人洪楩刊印的《清平山堂话本》），内容涉及人与蛇所幻化而成的美女婚恋的故事，可被视作白蛇传传说的滥觞。而《白娘子永镇雷峰塔》（载于明冯梦龙编纂的《警世通言》），据傅惜华《白蛇传集·序》认为："从这个话本内容，一些有关历史地理的问题，而与宋施谔《淳祐临安志》、吴自牧《梦粱录》、周密《武林旧事》等书所记载的比勘印证起来，另一方面再从这个话本的'说话'的风格研究起来，都可以证明它就是南宋时代所流行的话本。"可见白蛇传传说在南宋就已经成为民间说书艺人的讲唱书目。《白娘子永镇雷峰塔》可算是今存白蛇传传说中情节基本完整的最早的文本。此后，各种文艺样式的白蛇传传说都是在此基础上改编发展而成的。由此可见，西湖传说渗入到多种地方歌谣之中，成为民歌演唱的重要题材。

同时，西湖传说也是各种民间小戏及地方曲艺的题材内容之一。如杭剧的演出剧目《卖油郎独占花魁女》、《寻太阳》、《李慧娘》、《银瓶》、《断桥》、《苏小小》，越剧的演出剧目《梁山伯与祝英台》、《白蛇传》、《苏小小》、《三救郎》、《忠烈记》、《孤山情》、《柳浪闻莺》等，大多取材于西湖传说。当然，西湖传说中影响最大、范围最广的还是梁祝传说和白蛇传传说。早在元代，就有白仁甫的杂剧《祝英台死嫁梁山伯》（已失传）。由此可知，当时已经把梁祝传说搬上了戏曲舞台。而白蛇传传说的舞台实践约从明代开始，如洪武年间邾经的杂剧《西湖三塔记》，又如万历年间陈六龙的传奇《雷峰记》（已失传）等。而其他以白蛇传传说和梁祝传说为题材的戏曲、曲艺，其样式之多，更是令人叹为观止。

择其要，略举之。如弹词《白蛇传》、《公堂》、《端阳》、《断桥》、《梁山伯与祝英台》、《十八相送》、《送兄》、《双蝴蝶》、《新编金蝴蝶传》、《新编东调大双蝴蝶》；宝卷《雷峰宝卷》、《梁山伯》；鼓子曲《收青儿》、《借伞》、《盗灵芝》、《水漫金山》、《塔前寄子》、《探塔》、《祭塔》、《祝英台上学》、《山伯访友》、《英台拜墓》；木鱼书《断桥相会》、《水漫金山》、《塔前寄子》、《英台回乡》、《山伯访友》、《牡丹记》；道情戏《白蛇传》、《青蛇传》、《英台下山》；河南坠子《水漫金山》、《塔前寄子》、《祭塔》、《英台下山》、《山伯访友》；山东大鼓《借伞》、《断桥》、《祭塔》、《梁山伯下山》；西河大鼓《游湖》、《盗草》、《断桥》、《水漫》、《合钵》、《祭塔》、《梁祝恨》；东北二人转《白蛇传》、《梁山伯相思》。

二、西湖传说为文学创作提供了多种创作素材

任何一个作家都离不开他所生活其中的社会文化环境，这就使得他们必然会受到各种传说故事的影响，从而在题材、人物、主题、情节等各方面汲取文学养分。妖媚多姿的西湖传说深为历代作家，尤其是戏曲作家所喜爱，成为他们戏曲文学作品创作的主要内容。如与西湖山水传说有关的戏曲作

岳飞画像

品，有《西湖三塔记》、《雷峰塔》、《青蛇传》、《后白蛇传》、《翠乡梦》、《度柳翠》、《龙井茶歌》等。又如与西湖名人传说有关的戏曲作品，有写白居易的《十锦堤》，写钱镠的《金刚风》，写苏轼的《西湖梦》，写岳飞的《东窗事犯》、《精忠记》、《金牌记》、《救精忠》、《碎金牌》，写韩世忠的《双烈记》，写于谦的《金杯记》，以及写秋瑾的《鉴湖女侠》、《碧血碑》等。再如与西湖的爱情传说有关的戏曲作品，有《西湖记》、《同窗记》、《西园记》、《占花魁》、《琥珀

匙》、《洒雪堂》、《青灯泪》、《芙蓉影》、《意中缘》等。这些戏文、杂剧、传奇等戏曲文学作品有百余种。

在文学作品中运用传说，可以提高作品的艺术魅力，升华作品的主题思想，产生较好的艺术效果。从古到今，有不少作家在自己的作品里直接或间接地借鉴了西湖传说的艺术成就。如与白蛇传传说有关的文学作品有清代古吴墨浪子编《雷峰怪迹》、陈树基编《镇妖七层建宝塔》、梦花馆主编《白蛇传前后集》以及谢颂羔编《杭州雷峰塔演义》和《雷峰塔的传说》、张恨水著《白蛇传》、赵清阁著《白蛇传》、李锐著《人间：重述白蛇传》、顾希佳编著《中国传说故事·白蛇传》、严歌苓著《白蛇》、李碧华著《青蛇》，萧赛著《青蛇传》、卫风著《青蛇》，等等。与梁祝传说有关的文学作品，有张恨水著《梁山伯与祝英台》、赵清阁著《梁山伯与祝英台》、顾志坤著《梁山伯与祝英台》、何文杰著《梁祝恋》、陈峻菁著《梁山伯祝英台》、柳营著《梁山伯与祝英台》、周静书编著《梁祝传说》、吴淑姿著《梁山伯没死……之后》、林猹著《蝴蝶梁祝：触摸小说》，等等。与济公传说有关的文学作品，有明代沈孟桦编《钱塘湖隐济癫禅师语录》，清代古吴墨浪子编《西湖佳话·南屏醉迹》、天花藏主人编《济癫大师醉菩提全传》、西湖香婴居士重编《济公全传》、郭小亭编《评演济公前后传》以及赖永海著《济公和尚》，杨志民、郭天恩编《济公后传》和《济公后传续》，陈玮君著《济公外传》，柯玲编著《济公传说》，吴灯山著《济公奇传奇》，洪无著《济公禅师大传：大空癫狂》，陈东有著《济公系列小说》，等等。

[叁]西湖传说的学术认识价值

西湖传说是一种生活形态的口头文学，包含着丰富的文化知识、社会经验、生活习俗等重要资料，对文学以外的其他学科，如历史、民俗、自然等都具有多方面的学术价值。通过西湖传说，可以认识过去，了解历史风貌；可以认识社会，了解民风民俗；可以认识科学，了解发展状况。

首先，从西湖传说中，我们可以窥探到杭州古代的历史风貌。如《精忠柏》写道："北宋末年，世道乱极啦。金兀术发兵大举入侵中原，一直打到汴京。金兵一路上烧呀抢呀杀呀，地方上被弄得十室九空，老百姓痛哭连天。康王赵构从北边逃到南边，却看上了杭州这块好地方，当做远避金兵的安乐窝，丢下半壁江山不管啦，让中原老百姓去当亡国奴。"从中反映了南宋初年宋金之间的民族矛盾。又如《方百花点将》，叙说了将台山地名的由来，并涉及了有关的历史人物和事件。其人其事是否真实姑且不论，但它所反映的北宋末年方腊起义这段历史却是真实存在的，而"将台山"的名字也沿用至今。还有《馒头战》和《棋盘阵》，反映的也是太平天国运动时期太平军与清军在杭州的交战状况，同时解释了"馒头山"和"棋盘山"这两个地名的来历。由此可见，反映历史事件及地名由来的西湖传说，可以作为我们证明历史、校正历史以及补充历史的基本资料。有些相关的传说联系起来，甚至可以揭示某个地方连贯的历史状况，为我们研究历史及社会发展提供了较有力的佐证。

其次，西湖传说反映了古代人民的风俗习惯，对于我们认识自己的民族文化传统具有重要的意义。如《石香炉》中提到："每年中秋节夜里，人们划船到湖中央去，在炉脚上那三面透光的圆洞洞里点烛火。"反映了人们中秋节夜游西湖、泛舟赏月的习俗。又如《白娘子》中记叙道："端午节那一天，家家户户门前都插起菖蒲艾叶枝，地上洒了雄黄酒；金山下边的长江上，还要赛龙船哩。一时间路上人山人海，热闹非常。"又道："热了一纠粽子，烫了一壶老酒，酒里和了些雄黄，端到楼上来。"反映了人们过端午节要插菖蒲艾叶、喝雄黄酒、吃粽子以及赛龙舟等习俗。再如《呼猿洞》中记叙道："有一年

豫剧《白蛇传》剧照

清明，杨柳青，桃花红，正是西湖风景顶好的辰光，游湖踏青的人到处都是。"而《白娘子》也提到："清明节那天……上山祭坟的，到湖边踏青的，东一群，西一群，到处都是人。"反映了人们在清明节踏青郊游和扫墓祭祖的传统习俗。还有《吴山第一泉》中记叙道："不料有一年，天气忽然变更，晴空万里无云，接连着几个月都不落一滴雨星。太阳晒得西湖水干，田地裂缝，连人吃的水也难找到。官府怕百姓乘机闹事，于是请来许多和尚道士，筑坛做法事，硬叫大家去叩头跪拜，求老天爷降雨。"反映了干旱时节人们有做法事求雨的风俗。因此，通过西湖传说，我们可以熟悉各种传统的社会习俗，了解到杭州地区的民俗习惯和文化传统，从中亦可见古人对生活的理解和对生活要素的关注。

其三，通过西湖传说，我们还可以了解古代科学技术的发展状况。如《鲁妹造伞》中对西湖绸伞的描述："忽然，他眼前一亮，好像迎面飞来了一只孔雀。定神一看，原来是妹妹从屋里走出来，把个东西向上一张，那东西立刻变得像亭子顶一样：四周有三十二只翘耸耸的角，每只角下面挂着黄澄澄的绸须须，上面遮着一块彩色绸子，绣着凤凰牡丹图。顶下只有一根'柱子'……这东西是用山上的竹子做的，有三十二根长竹条，三十二根短竹条，长竹条与短竹条之间装有灵活的插销，要用时一张就散开来，不用时一收就缩拢去。真的是又轻巧，又玲珑，又美观。"又如《打乌蛇》中对"张小泉剪刀"的描述："张小泉把两条奇里古怪的乌蛇拖回家里，看看又想想，想想又看看，看了三天，想了三夜，忽然想到可做件东西，便在纸上画出个图样来。父子四个就照着图上的样子，在蛇颈相交的地方安上一枚钉子，把蛇尾巴弯过来做成把手，又将蛇颈上面的一段敲扁，锉出刃口，磨得飞快。这样一来，就制造出一把很大很大的剪刀来啦。他们就用这把大剪刀剪布，不论剪直剪横，转弯抹角，都很灵活。于是照着这把大剪刀的式样，又打造出许多小的剪刀来。"再如《画扇判案》中对"杭扇"的描述，《蚕花娘子》中对于"蚕业"的描述，《梅花碑》中对"梅花碑"的描述，等等。这些西湖传说，虽然带有夸大的成分，很多还增加了神秘的色彩，但是我们仍然可以或多或少地了解到古代造伞、打铁、绘扇、染丝、雕刻等方面的工艺发展水平，为今天研究相关学科提供了珍贵的资料。

总之，西湖传说具有多方面的学术认识价值，它为历史研究、民俗学研究、自然科学研究提供了丰富的资料。正如段宝林在《民间文学的社会价值》中所说："由于民间文学最真实、最全面地反映了人民的生活状况，最直接、最深刻地表现了人民的思想感情，它记载着人民自己的历史，总结了劳动斗争的丰富经验，是人民自己的百科全书，因此它为社会科学乃至自然科学的研究提供了珍贵的资料。"

[肆]西湖传说的审美教育价值

能流传至今且为广大人民所熟知的西湖传说是经历了世代人民的加工锤炼，且为人们所乐于传扬的。人们在这些传说里寄予了美好的愿望与理想，注入了对美好生活及未来的期盼与追求。人民群众的爱憎情感，对真善美与假恶丑的扬惩皆溢于字里行间，因此，西湖传说既具有给人以美的愉悦的审美价值，又有教化社会大众的教育价值，让人们从中认识自然、了解社会、感悟人生。

西湖传说的内容包罗万象，涉及自然和社会的各个方面，为我们提供了审美欣赏的素材。在西湖传说中，大自然被赋予了美妙的名称和动人的神话传说。如《金牛湖》、《飞来峰》、《一线天》、《虎跑泉》传说等，使这些景观由形式上升到内容的高度，构成一种意象。人们感受到自己与大自然相契合，并进而得到美的享受。正如肖君和在《美的奥秘探寻》中所说："精神沉入物质，沉入大自然，并不改变自然的性质，而只是体味与自然的一致，在自然形象中发现自己的种种乐趣。"如《精忠柏》，除了对岳飞本人的怀念与崇敬之外，还有一种澎湃的爱国之情在胸中激荡。西湖传说比照自然，丰富了人们的审美意识，陶冶了人们的情操。

西湖传说人多有着曲折的情节、多样的人物以及光明的结局，寄托了人们对生活的期待。从西湖传说中，我们不仅能受到美的熏陶，还能获得心灵的感动。如《吴山第一泉》，叙述了"吴山第一泉"

水井的来历。为了抗击干旱，帮助杭州人民找水喝，传说中的"老头儿"祖孙三代，在城隍山脚下找人挖井。在挖了三丈三尺又三丈三尺后，还是没有一滴水。为此，爷爷、阿爸先后被官府杀害。但是，孙子没有动摇，没有放弃，他还是找人继续在城隍山脚下挖井。最后，孙子撞裂井底的岩石，用生命换来了泉水，灌满了九丈九尺深的水井。简单的故事，朴素的情境，却能让我们从中得到诸多感悟。通过表现"老头儿"祖孙三代为民请命、不惧牺牲、坚持真理、持之以恒、坚韧不拔、勇于献身的精神，重新审视自己的道德修养，从而净化心灵、荡涤灵魂。

　　另外，西湖传说富有乡土气息的通俗语言，也可以使人们在听故事的过程中调整情绪，放松心情，获得心灵的愉悦。如《火烧净慈寺》中济癫和老方丈的对话："济癫扭过头来，笑嘻嘻地问老方丈道：'师父呀，你说说看，是有寺好还是没寺好？'老方丈把话听岔了，没理会他的意思，就骂济癫道：'多嘴，我们出家人多一事不如少一事，当然是没事好啰！'济癫叹口气道：'师父呀，等到没有寺了，你不要后悔呢！'老方丈听也不听，就拿拐棍儿敲济癫说：'没有事，我正巴勿得哩！你少在这里啰唆，快给我走开！快给我走开！'"语言通俗且幽默诙谐，尤其是借用"寺"与"事"的谐音来制造误会，既让人忍俊不禁，又使人身临其境。

　　文艺作品的教育作用都是寓教于乐，西湖传说的教育价值也是建立在审美价值的基础上的。西湖传说的教育价值，主要体现在它所表达的社会经验和情感愿望上。在西湖传说中，一般把人物分为善良、勤劳的好人和贪婪、邪恶的坏人。好人行善，得到幸福；坏人作恶，得到惩罚。如《杏婵》中的杏婵"勤劳好心"，因而得到杏仙的眷顾，帮助她渡过难关，过上幸福、安稳的生活。又如《鸡笼山竹》中的裘宝"心肠恶毒"，因而遭到金鸡公主的惩罚，被沙石活埋而死。西湖传说大多宣扬勤劳、节俭、助人的美德，鞭笞卖国奸臣、贪官污吏乃至土豪劣绅的罪恶和丑行。坏人、恶人在西湖传说中是没有好下场的，这既是杭州人民传统的是非善恶观的反映，又对民族伦理道德观念的形成产生潜移默化的作用。人们从西湖传说中得到教训，从而激发听者弃恶从善，努力去做一个好人。

[伍]西湖传说的创造使用价值

西湖传说是一种老百姓集体的、口头的文学创作，是对杭州地区特定的自然风光、名胜古迹和历史人物等的描述或解释。因此，西湖传说的创造使用价值，首先体现在为杭州的风景名胜增添了艺术的主题和情节。

西湖传说为杭州的自然风光创造故事，以优美的传奇来解释山水的来历。西湖山水的形成，不是人力所能完成的，因此，在西湖传说中，人们借助于神仙的活动，结合自然山水的形貌特征，来描述它们形成的过程和特点。如《明珠》，讲述天上的明珠落到地上，从而变成了晶莹剔透的西湖。而为了守护明珠，玉龙变化成了雄伟的玉龙山（即玉皇山），金凤则变化成了青翠的凤凰山。又如《玉泉》，讲述玉泉泉眼是由一条草龙钻出来的。草龙被镇压在泉下，它的头所在之处的水池，因为透气而会冒出许多小气泡，所以叫"珍珠泉"。而草龙的尾巴所在之处的水池，即使在大晴天也总是雾蒙蒙的，因而叫"晴空细雨泉"。这些传说为西湖山水增添了奇妙莫测之感，使其更具艺术审美价值。

西湖传说又为杭州的名胜古迹再造历史，使其更加富有人文魅力。如连接断桥和孤山的白堤，一直被叫成"白公堤"。从《白公堤》可知，"白公"指的就是为杭州人民做了许多好事的唐代大诗人白居易。民间传说中多将此白堤误作为是白居易任杭州刺史时所修之堤。而白居易所作的《钱塘湖春行》："孤山寺北贾亭西，水面初平云脚低。几处早莺争暖树，谁家新燕啄春泥？乱花渐欲迷人眼，浅草

雕塑《惜别白公》

白堤

才能没马蹄。最爱湖东行不足，绿杨阴里白沙堤。"更是为白堤增添了历史人文色彩。又如南屏山净慈寺前的雷峰塔，在《白娘子》中，是法海和尚为镇住白蛇所建造的，从而为雷峰塔这一古建筑增添了神奇的色彩。

雷峰塔

西湖传说还对历史人物进行了重塑。如道济和尚，据历史记载，仅仅只是一位有名的禅僧。但在西湖传说中，道济和尚既神圣奇异、主持正义，又游戏风尘、癫狂诙谐，深为人们所崇敬与喜爱。如在《飞来峰》、《火烧净慈寺》、《运木古井》、《济癫匿池》等传说中，他佯狂应世，为人解忧排难，不但能够未卜先知，而且还具有法力，简直如同神仙一般。可见西湖传说重构了道济和尚

《飞来峰》插图

的人物形象，把他由一位高僧塑造成了活佛，成为人们感情的寄托、希望的化身。又如吴越王钱镠，据史载，是五代时的政治家、吴越国的创始人。他在位期间，拨重金修建海塘，变患为灌。"钱塘江"之名正是为了纪念钱镠而来。而在《钱王射潮》中，钱镠成了"勇猛无比"的英雄人物。他力大无穷，一脚就能将山的裂缝蹬成 "一条宽宽的道路"。他还英勇无畏，敢于向潮神宣战，率领精兵，万箭齐发，逼退潮头。西湖传说对钱镠这一人物形象也进行了重塑，寄托着人们的崇敬之情。

西湖传说的创造使用价值还体现在，它为杭州旅游业的开发和建设注入了新鲜的活力，对传统文化产业的发展也具有一定的推动和促进作用。

如前所述，西湖的奇景异观往往都伴随着美丽而奇特的传说。西湖传说着重对山水名胜的名称、特征、由来等作出独特的解释，解释过程以客观实物为出发点和归结点，同时注入传奇、幻想的因素，这就使得本来客观、实在的山水名胜充满了灵性，从而激发人们的探幽览胜之心，并给人留下深刻的印象和久远的回味。如《石香炉》，解释构成三潭印月这一景点的那三个石塔是一只巨型石香炉的 "三只葫芦形的脚"。这只巨型石香炉，是巧匠鲁班兄妹带领一百八十个徒弟，历时七七四十九天，凿刻宝石山上的一块悬崖而制成的。其目的是为了对付兴风作浪、水漫杭州、危害百姓、逼娶鲁妹

三潭印月

的妖怪黑鱼精。最后，黑鱼精被石香炉罩入湖底闷死了，石香炉也倒扣在"湖底的烂泥里"，只在湖面上露出三只脚。"从此，西湖留下一个奇妙的景致：每年中秋节夜里，人们划船到湖中央去，在炉脚上那三面透光的圆洞洞里点烛火；烛光映在湖里，就现出了好几个月影。后来这地方便叫'三潭印月'。"由此可见，西湖传说对三潭印月来历的解释，是一种想象的、艺术的、凝聚着民族感情的阐释。它虽然以景物名胜等客观实物为传说的中心点，但又以鲁班兄妹等历史人物来增加传说的可信度，将西湖的风景与杭州百姓的文化智慧、艺术创造相联系。同时，这个传说也充满了神秘的色彩和神奇的意蕴。它把三潭印月的来历描述得有声有色，从而激发起人们的视觉美与想象力，增加了人们游览的趣味性和风雅感，增强了人们的游兴，并进一步吸引全国各地的人们纷纷来西湖游览观赏，感受西湖

金牛出水

的魅力，探索西湖的精神内涵。

西湖传说在杭州旅游景点的开发和建设中起着不可或缺的作用。今人根据这些传说，对西湖进行开发，创造出更美、更新的景观。如西湖在古代叫做"金牛湖"，传说在湖底住着一头金牛，它在干旱时节"大口吐水"，使湖水"涨满起来"，又帮助老百姓惩治贪官污吏。"人们忘不了金牛，就在湖的旁边城墙上筑起了一座高高的城楼，天天爬上城楼去盼望金牛。这座城楼，就是后来的涌金门。"依据《金牛湖》的故事，杭州在涌金广场西侧的湖中设置了"金牛出水"的雕塑，开发了新的旅游景点。又如与梁祝传说有关的万松书院，依据梁祝十八相送的传说内容，设置了观音堂、草桥亭、独木

万松书院

八卦田

越剧《苏小小》剧照

龙井十八棵御茶园

桥、双照井等有关场景。此外，还有与白蛇传传说有关的断桥、雷峰塔，与济公传说有关的净慈寺、运木古井等。

西湖传说不仅为人们创造了新的审美情境，也为城市获取了旅游经济效益。如依据西湖传说中最具有传播力和美誉度的《白娘子》、《梁祝》、《苏小小》等爱情故事，把杭州打造为"中国的爱情之都"，相关的旅游产品日渐成熟。以爱情为主题的婚庆活动在杭州丰富多彩，尤其是一年一度的"玫瑰婚典"已经成为国内知名的品牌。杭州的"新婚蜜月旅行"被国家旅游局作为首批推出的十四条中国专项旅游线路之一；杭州市的旅行社还在新加坡市场成功推出过"东方浪漫"，以杭州为主要活动场所，深受旅游者的喜爱。

另外，西湖传说中还有不少故事是解释杭州特产的来历、特征、性质和制作方法的。如红烧肉（《东坡肉》）、油条（《油炸桧》）、西湖醋鱼（《宋嫂鱼》）、龙井茶（《茶祖宗》）、西湖绸伞（《鸡笼山竹》、《鲁妹造伞》）、张小泉剪刀（《打乌蛇》）、丝绸

（《蚕花娘子》）等普通食品和器物，经过西湖传说中艺术想象的解释，便具有了传奇的来源和独特的文化价值、历史意义，从而大大激发了人们的消费、购买欲望。因此，西湖传说对旅游纪念品的开发和销售也是不可多得的人文资源，具有参照与推动作用，而这也就在一定程度上推动和促进了传统文化产业的发展。

综上所述，西湖传说在当代生活中潜在的巨大软实力是一份亟待开发的文化资源，它在人民大众的精神生活以及物质生活中具有重要的作用，尤其是当下全球经济一体化，中国经济文化大繁荣、大发展的特殊时期，西湖传说的社会价值和文化意义无疑是珍贵的文化遗产。

西湖传说的保护与传承

西湖传说的保护与传承，重点在根据其固有特点，建立和健全一个适合时代需要和可持续发展的传承机制，从而使产生和流传于农耕文明条件下的传统民间传说，在现代条件下仍然能够得以继续传承与发展。

西湖传说的保护与传承

[壹]西湖传说的整理与研究

与西湖传说的起源、演变、传播相比，关于西湖传说的整理和研究工作起步要晚得多。虽然历代文人对与西湖相关的民间故事都有关注和零星记载，但一直没有相对系统的整理和研究。1928年秋至1937年秋，钟敬文先生与钱南扬、娄子匡等人发起成立了中国民俗学会，对于西湖传说的采录、整理和研究发挥了强有力的推动作用。

新中国成立后，以科学的方法采集、收录、研究民间文学的学术活动被纳入政府文化工作的范围。在这样的文化大背景之下，从1959年起，杭州市文化局组织力量发起采集杭州西湖的民间故事，当时共得到各类传说故事近四百篇。1978年，《西湖民间故事》第一版出版，收入了《明珠》、《金牛湖》、《石香炉》、《玉泉》等传说故事文本三十四则。1979年第二版时，增加至四十九则。当时所圈定的西湖民间故事的范围较窄，主要收编西湖周围的传说故事，还有大量与杭州和西湖相关或来源于杭州郊区的传说记录文本未能收入。1980年以来，随着采录工作的深入，大量西湖传说故事被记录下来，陆续在各种媒体发表。

由于《中国民间故事集成》普查和编纂工作的启动，更多的西

《运木古井》插图

《苏东坡画扇》插图

湖传说故事得以发现，并得到较忠实的记录，后来陆续收录在《中国民间文学集成·杭州市故事卷》、《中国民间故事集成·浙江卷》，以及内部出版的西湖区、上城区、下城区、江干区、拱墅区故事卷之中。这个时期采录和发表的西湖传说故事，大都继承了历代西湖传说的传统，但更加注重保持群众口述的原貌了。

1978年以来，有关西湖传说的记录（或改编）文本结集出版的，主要有：

《西湖民间故事》（第一版），浙江人民出版社，1978年。

《西湖民间故事》（第二版），浙江人民出版社，1979年。（此后一再重印，总印数达一百多万册）。

《西湖民间故事》（英文版），三联书店香港分社，1980年。

《杭州的传说》，上海文艺出版社，1980年。

《西湖佳话》，浙江人民出版社，1981年。

《杭州湾的故事》，中国民间文艺出版社，1984年。

《济公外传》，浙江文艺出版社，1987年。

《三江两湖传说集》，浙江人民出版社，1988年。

《中国民间文学集成·浙江省杭州市西湖区卷》（内部资料），
1989年。

《中国民间文学集成·浙江省杭州市上城区卷》（内部资料），
1989年。

《中国民间文学集成·浙江省杭州市下城区卷》（内部资料），
1989年。

《中国民间文学集成·浙江省杭州市江干区卷》（内部资料），
1989年。

《中国民间文学集成·浙江省杭州市拱墅区卷》（内部资料），
1988年。

《杭州市故事卷》，中国民间文艺出版社，1989年。

《西湖二集》，人民文学出版社，2006年。

《西湖传说》，浙江摄影出版社，1992年。

《苏东坡在杭州的传说》，百花文艺出版社，1994年。

《钱王传说》，成都科技大学出版社，1995年。

《吴大帝传说》，广西民族出版社，1995年。

《中国民间故事集成·浙江卷》，中国ISBN中心，1997年。

《西湖佳话》，北京出版社，1999年。

《神话西湖》，杭州出版社，2000年。

《雷峰塔》，华夏出版社，2000年。

《西湖风月谈》，杭州出版社，2001年。

《大杭州名胜古迹民间故事集》，浙江摄影出版社，2002年。

《西湖趣话》，浙江摄影出版社，2002年。

《西湖闲话》，浙江摄影出版社，2003年。

《西湖夜谭》，浙江摄影出版社，2003年。

《读着故事游西湖》，华宝斋书社，2004年。

《杭州古今传说》，北岳文艺出版社，2006年。

[贰] 西湖传说的濒危状况

西湖传说的传承，是一种群体性、自发性的口头传承，通常没有严格的师徒传承关系。在口耳相传的过程中，不时会出现一些讲述故事的能手。他们往往掌握了较多的传说故事，有较强的讲述技巧，在民众中有一定威信。据1987年启动的全省民间文学普查，大致可以确认的西湖传说的故事传承人有：

陈奶奶，女，1880年生，中山中路保佑坊居民。

汪闻学，男，1899年生，西湖区退休教师。

李雨亭，男，1925年生，西湖风景名胜区龙井村农民。

陈志云，男，1929年生，西湖风景名胜区龙井村农民。

叶剑英，女，1923年生，西湖风景名胜区茅家埠村农民。

郑维淦，男，1922年生，转塘镇龙王沙村农民。

葛庆泉，男，1909年生，龙坞乡龙门坎村农民。

祝荣棠，男，1905年生，西湖风景名胜区玉泉村农民。

王幼庭，男，1918年生，杭州曲艺队曲艺演员。

徐梅萼，男，1912年生，南山街道三台山居民区居民。

包宗德，男，1907年生，抱朴道院道士。

吴智静，男，1929年生，上天竺讲寺法师。

尘　空，男，1908年生，上天竺讲寺法师。

袁法炎，男，1929年生，双浦街道小江村农民。

杨乃剑，男，1904年生，南山街道三台山居民区退休教师。

王冕山，男，1912年生，南山街道退休工人。

冯振华，男，1929年生，南山街道文化站干部。

王凤林，男，1924年生，西湖区退休工人。

邵永华，男，1915年生，留下街道东木坞村农民。

汤莲娣，女，1928年生，南山街道居民。

沈荣珍，女，1922年生，南山街道六和塔居民区。

葛小贞，男，1929年生，龙坞乡龙门坎村农民。

姚志德，男，1939年生，双浦街道姚家坞村农民。

沈全根，男，1929年生，双浦街道退休职工。

吴照林，男，1931年生，南山街道大桥居民区居民。

杜福泉，男，1916年生，南山街道三台山居民区退休工人。

岳筱娟，女，1950年生，岳庙工作人员。

然而，随着时代的变迁、社会的转型、传媒手段的发展以及口头传承的局限等原因，西湖传说也与其他非物质文化遗产一样，逐渐失去了生存的环境和条件，濒临失传的境地。一方面，农村城镇化进程加快，中国现代化迅速到来，各种文化娱乐形式日益多样化，使得西湖传说的传承环境日渐消失，西湖传说面临着极大的生存危机。另一方面，由于各种娱乐活动的增多，年轻人对听故事已不感兴趣，民间已很难见到当年讲故事的热闹场面。而年轻人不愿意听，也就不可能将传说传承下去，这就导致传承者后继乏人，面临断代的危险。现有的中老年传承者，因日渐年老体衰，记忆力下降，加上缺少讲述的机会，讲述能力正在快速衰退。20世纪80年代确认的西湖传说传承人已相继去世，所剩无几。千百年来口头传承下来的西湖传说正面临着在口传中消失的危险。

同时，从事西湖传说搜集整理和研究的人员，也出现了断层现象。时至今日，当年采集西湖传说的前辈大多已经去世，尚存的少数几位亦已不再笔耕。而年轻人大多对西湖传说不了解、不熟悉，一时也接不上手，亟须培养和组织队伍。

[叁]西湖传说的保护与传承

西湖传说的保护与传承，重点在根据其固有特点，建立和健全一个适合时代需要和可持续发展的传承机制，从而使产生和流传于农

西湖艺人

耕文明条件下的传统民间传说，在现代条件下仍然能够得以继续传承与发展。因此，西湖传说的保护与传承，应遵循以下几项基本原则：

一、原真性原则

1964年的《威尼斯宪章》提出，将文化遗产真实地、完整地传下去是我们的责任。1994年的《关于原真性的奈良文件》则再次肯定了原真性是定义、评估、保护和监控文化遗产的一项基本原则，其中第十三款指出："原真性的判别会与各种大量信息源中有价值的部分有关联。信息源的各方面包括形式与设计、材料与物质、使用与功能、传统与技术、位置与环境、精神与感受以及其他内在的、外部的因素。允许利用这些信息源检验文化遗产在艺术、历史、社会和科学等维度的详尽状况。"而坚持原真性原则，同样也适用于非物质文化遗产的保护。因此，西湖传说的保护与传承，首先要遵循原真性的原则，尤其是对采集来的西湖传说，不能随意进行修改，添加情节或篡改内容。

二、生态性原则

文化与环境关系十分密切。对非物质文化遗产的保护，还包括对与其相关的生态环境的保护。因此，西湖传说的保护与传承，还应当遵循生态性原则，即重点保护西湖传说所赖以生成的条件，提供和保护故事讲述的生存环境。计划在社区、景区、学校、工厂、图书馆、群艺馆等各种场所开展讲述西湖传说的活动，引发民众间自发的故事传讲，以确保西湖传说及其文化生态的正常传承。

三、人本性原则

在非物质文化遗产的保护过程中，对传承人的核心地位与中心作用的认知与肯定，是把握文化的非物质属性及其特点的关键所在。因此，西湖传说的保护与传承，要遵循人本性原则，注重传承人的保护。西湖传说是人们生产和生活方式、情感和智慧的表达，是一种活态的传承过程。在这个过程中，人是最根本、最主要的因素。西湖传说的讲述者，他们是西湖传说的主要载体，也是西湖传说得以传播、传承的关键。因此，要注重挖掘和保护故事的讲述人。计划在杭州城乡寻访优秀的西湖传说讲述家，建立必要的档案资料。同时，运用摄影、摄像技术，将讲述西湖传说的过程录制下来，制作成影音资料，运用网络等手段加以传播。另外，评选和确认优秀的传承人，给予必要的经济支持。

四、发展性原则

西湖传说的保护与传承，还应当秉承发展性原则，立足当今时代与社会，对西湖传说进行合理、科学的开发和利用。一方面，要深入挖掘和解读西湖传说所蕴含的内在精神价值，另一方面，要推陈出新，融入现代人的意识和风尚，从而使西湖传说焕发出新的生机与活力，以适应现代文化生态的发展与变化。

计划运用多种手段收集、甄别、整理、记录、保存西湖传说。民间传说由口头传播到书面文本，是民间传说由第一生命向第二生命转化的过程。联合国教科文组织政府专家委员会前负责人、芬兰著名学者劳里·航柯先生曾提出"民间文学的第二生命"理念，认为民间文学一旦记录下来并出版，就会获得比直接听讲故事的人更为广大得多的读者群，而且更容易代代相传下去。因此，记录、出版西湖传说，也是西湖传说保护的重要手段。计划进一步采录西湖传说，整理近几十年来的采录成果，并尽可能地钩沉辑录历代典籍中的西

湖传说材料，建立数据库，做好西湖传说全集的出版工作。

另外，还将加强西湖传说的学术研究。西湖传说源远流长，其社会文化价值更是丰富多样，因此，加强对西湖传说的学术研究，对地方文化

宋嫂雕塑

钱镠像

的传承、文化生态的建设、地方经济的发展、区域定位及文化角色

的塑造都具有深远的影响。计划组织召开西湖传说国际学术会议，

加强学术研究和交流，在保护的基础上进行合理地开发和利用。

五、可持续性原则

非物质文化遗产的保护，不是一朝一夕能够完成的短期任务，必须持之以恒地进行这项事业。而西湖传说的保护与传承，正是长期的事业、系统的文化工程。因此，我们要整体规划、分步实施、长期贯彻，坚持可持续性原则。为此，杭州市有关部门计划开展一系列工作，以确保西湖传说的保护、传承工作落到实处。具体内容有：

1. 成立西湖传说专业保护和传承管理机构。

2. 建立西湖传说保护发展专项基金。

3. 寻访西湖传说故事传承人，评选和确认优秀的故事讲述家，并建立传承人档案。

4. 在社区、景区、学校、工厂及图书馆、群艺馆等公共文化场所开展西湖传说讲述活动。

5. 整理出版西湖传说全集，建立西湖传说数据库。

6. 加强学术研究，召开西湖传说国际学术会议。

7. 引导和鼓励西湖传说的改编、再创作和开发利用。

六、和谐性原则

2011年6月24日23点55分（法国巴黎时间17点55分），杭州西湖作为"文化景观"申遗成功，被正式列入世界遗产名录。国际古迹遗址理事会（ICOMOS）的报告称，西湖的突出价值在于：它是一个具有文化意义的东方名湖，是中国景观审美风格的典型代表，体现了"天人合一"的特殊思想理念。可见，西湖之所以能成为我国唯一入选世界文化遗产名录的湖泊，主要是因其历史文化价值。申遗成功是保护的新起点，而对西湖文化景观遗产的保护，不仅要完善西湖的生态环境，更要加强传承西湖的历史文化。这自然也就包含了对西湖传说的传承与保护。因此，步入后申遗时代，非物质文化遗产西湖传说的传承与保护，理应与西湖文化景观遗产的保护相结合，共同遵循和谐性原则。只有把历史的文明和现代的文明相联系，把文化遗产融入现实生活，实现和谐共生，那么它就自然而然地会被传承下去，而且也自然就会具备保护的动力。

附录: 西湖传说故事名录

传说名称	内　容	备　注
明　珠	关于西湖的成因	又名:明珠从天降西湖、西湖是一颗明珠
金牛湖	关于涌金门	又名:湖中的金牛
金牛显瑞明圣湖	关于涌金门	
石香炉	关于三潭印月	
白娘子	关于白蛇传传说和雷峰塔	又名:白娘子和许仙
杏婵	关于西湖边杏花村的姑娘	
寻太阳	关于保俶塔、来凤亭和初阳台	又名:初阳台
小黄龙	关于黄龙洞	又名:黄龙洞
白公堤	关于白居易和白堤	
精忠柏	关于岳飞和精忠柏	
臭秦桧	关于秦桧和岳坟	
玉泉	关于玉泉	又名:草龙中计、玉泉水的来历
飞来峰	关于济公和飞来峰	又名:飞来峰的传说
一线天	关于一线天	
呼猿洞	关于飞来峰上的呼猿洞	又名:呼猿洞的传说
月桂峰	关于灵隐寺旁的月桂峰	

传说名称	内　容	备　注
石人岭	关于灵隐后山石人岭	又名：石人岭的传说
康熙题匾	关于康熙和灵隐	又名：灵隐、康熙醉题云林禅寺
吴山第一泉	关于"吴山第一泉"和大井巷	
瑞石	关于瑞石山、紫阳山、十二生肖石和飞来石	又名：瑞石山
凤凰山	关于凤凰山的成因	又名：凤凰山的来历、绣凤凰
七星缸	关于玉皇山七星缸景点	
八卦田	关于八卦田景点	
火烧净慈寺	关于济公和净慈寺	
运木古井	关于济公和净慈寺	又名：运木井、运木井的传说
和尚戏乾隆	关于乾隆皇帝和净慈寺	又名：乾隆游净慈寺、净寺与诋毁和尚、净寺和尚戏乾隆、疯僧讨封
虎跑泉	关于虎跑景点	又名：老虎跑泉
济癫匿池	关于济公	
六和镇江	关于六和塔的由来	又名：六和塔
拘玉鼠	关于猫捉老鼠	又名：猫儿桥、癞皮猫与金老鼠、小和山泥猫
钱王射潮	关于钱镠射潮和钱王堤、钱塘的由来	
打龙王	关于钱江潮的由来	
茶祖宗	关于龙井茶	又名：龙井茶祖宗

传说名称	内　容	备　注
乌龙	关于九溪十八涧的由来	又名：乌龙回头、九溪十八涧、望娘十八湾
蚕花娘子	关于蚕和养蚕技术	
鸡笼山竹	关于杭州鸡笼山及其竹子的由来	
打乌蛇	关于张小泉剪刀	又名：张小泉剪刀的来历、张小泉剪刀
画扇判案	关于苏东坡和杭扇	
东坡肉	关于东坡肉的由来	
宋嫂鱼	关于西湖醋鱼的由来	又名：西湖醋鱼
油炸桧	关于油条和秦桧	
尉迟恭造寺	关于尉迟恭和仙林寺	又名：仙林寺
豆腐桥	关于秦桧和斗富桥	又名：安乐桥和斗富桥
梅花碑	关于梅花碑和焦旗杆营的由来	
望仙桥	关于望仙桥的由来	又名：望仙桥的传说
华家池	关于华家池	又名：华家池的传说
方百花点将	关于百花公主和将台山	
馒头战	关于太平军和馒头山	又名：馒头山
棋盘阵	关于太平军和棋盘山	又名：棋盘山
许仙三救白娘子	关于白蛇传传说	
西泠桥下度琴操	关于苏轼和琴操	
朱淑真泪洒西湖	关于朱淑真	
西湖名医高巾方	关于名医与西湖	

传说名称	内　容	备　注
杭州清和桥	关于清和桥	又名：清和桥对诗、新宫桥、清和桥对课
灵隐寺的画家和尚	关于恽寿平和灵隐寺	
济公戏秦桧	关于济公和秦桧	
灵隐武僧抗倭寇	关于抗倭和灵隐寺	
秦桧遭吃耳光	关于梁红玉和秦桧	
众安桥塊埋忠骨	关于众安桥和岳坟	
银瓶含恨投井亡	关于银瓶和孝女路	
游灵隐	关于灵隐和年羹尧	
做客楼外楼	关于楼外楼和年羹尧	
湖上除恶	关于年羹尧	
年母仙逝金衙庄	关于年羹尧	
吴山得宝	关于吴山和年羹尧	
雍正降旨	关于雍正皇帝和年羹尧	
年羹尧之死	关于年羹尧	
吴山听杭滩	关于吴山和乾隆皇帝	
吴山酥油饼	关于乾隆皇帝和吴山酥油饼	
吴山酥油饼	关于苏轼和吴山酥油饼	
吴山酥油饼	关于赵匡胤和"大救驾"饼	
苏堤春晓	关于苏东坡和苏堤	
方世玉南山打擂	关于方世玉和杭州	

传说名称	内容	备注
留下西溪	关于西溪和王世雄	
西溪大碗茶	关于西溪	
都是镜子惹的祸	关于茅家埠	
放鹤亭畔吊林逋	关于林和靖	
残雪	关于断桥	
周总理请客楼外楼	关于周总理和楼外楼	
骆驼不会演戏	关于盖叫天和周总理	
雾杭州	关于恩怨相报	
观音制服黑鱼精	关于三潭印月	又名：三潭印月
乾隆与"虫二"碑	关于乾隆皇帝和湖心亭	又名：湖心亭、乾隆夜游湖心亭、湖心亭上"虫二"碑
韬光金莲池	关于韬光庵	又名：韬光仙水
梦泉	关于苏东坡	又名：天竺梦泉
宝掌和尚造桥	关于宝掌桥	又名：宝掌桥
三生石	关于三生石	又名：三生石的传说
刨花鱼	关于济公	又名：济公戏造净慈寺
鱼吞梁	关于净寺和鲁班	又名：鲁班巧设"鱼吞梁"
城隍山的来历	关于城隍山	又名：城隍山
十二生肖石	关于十二生肖石	
城隍山上看火烧	关于城隍山	
宝石雨	关于宝石山	

传说名称	内　容	备　注
保俶塔	关于保俶塔	
段家桥	关于断桥	又名：断桥、断桥的传说
梅妻鹤子	关于林和靖	又名：放鹤亭
水墨荷花图	关于曲院风荷和马远	又名：曲院风荷
西湖景致六吊桥	关于苏堤	又名：苏堤六吊桥、苏堤的传说
红烧鱼复生	关于济公和花港观鱼	又名：花港观鱼
黄莺姑娘	关于柳浪闻莺	又名：柳浪闻莺
没尾巴螺蛳	关于济公	
姐妹树	关于康王逃难	又名：九溪姐妹树
二老亭	关于苏东坡和辩才	
棋盘山	关于龙井村棋盘山	又名：棋盘石
祝英台落难	关于梁祝	又名：水乐洞
小白龙	关于白龙潭	又名：白龙潭
竹篮借水	关于莲池法师	
潮神	关于伍子胥和文种	又名：潮神伍子胥
妙计治钱塘	关于钱镠	
白居易治湖	关于白居易	又名：白居易的故事
苏东坡施药惠民	关于苏东坡和惠民路	又名：施药惠民局
徐文长平湖秋月吟诗	关于徐文长	又名：平湖秋月、平湖秋月的传说

传说名称	内 容	备 注
于谦对课	关于于谦	
贾似道葛岭遇诗僧	关于贾似道	
西行追驾边福茂	关于王文韶和边福茂	又名：边福茂鞋子
奎元馆三元及第	关于奎元馆	又名：奎元馆、三元及第奎元馆
胡雪岩请账房	关于胡雪岩	又名：胡庆余堂、胡雪岩请账房
乾隆御书颐香斋	关于乾隆皇帝和颐香斋	
墨龙护宅朱养心	关于铁拐李和朱养心膏药店	又名：朱养心膏药店、朱养心、朱养心药店传说、朱养心的传说、李铁拐收乌龙
都锦生的传说	关于都锦生	又名：丝织奇葩都锦生
龙井茶	关于龙井茶	
旗枪	关于乾隆皇帝和龙井茶	又名：旗枪的来历
天竺筷	关于天竺筷	又名：杭州天竺筷
桂花鲜栗羹	关于特色餐饮	
东坡折扇	关于苏轼和扇子巷	
西湖绸伞	关于鲁班兄妹和雨伞	又名：鲁妹造伞
西湖莼菜	关于西湖莼菜	
卖鱼桥	关于铁拐李和卖鱼桥	
嵇接骨桥	关于嵇接骨桥	
大井巷	关于王婆和大井巷	又名：王婆与大井

传说名称	内　容	备　注
双照井	关于梁祝和双照井	
半山	关于小康王和半山	又名：半山娘娘
白堤政迹	关于白居易	
六桥才迹	关于苏轼	
灵隐诗迹	关于骆宾王	
孤山隐迹	关于林和靖	
西泠韵迹	关于苏小小	
岳坟忠迹	关于岳飞	
三台梦迹	关于于谦	
南屏醉迹	关于济癫	
虎溪笑迹	关于元净（辩才）	
断桥情迹	关于苏州才子文世高和杭州小姐刘秀英的爱情传说	
钱塘霸迹	关于钱镠	
三生石迹	关于三生石	
梅屿恨迹	关于冯小青的传说	
雷峰怪迹	关于白蛇传	
放生善迹	关于莲池大师	
苏小小墓	关于苏小小	又名：苏小小
涌金门	关于涌金门	又名：涌金门的传说
"国"字少一点	关于岳飞	又名："尽忠报国"少一点

传说名称	内　容	备　注
牛皋墓	关于岳飞部将牛皋	又名：牛皋的传说，气死金兀术、笑死老牛皋
万工池	关于净慈放生池和雷峰夕照	又名：万公池
南屏晚钟	关于南屏晚钟	又名：龙凤钟的传说
雷峰塔	关于白蛇传和雷峰塔	
满觉陇桂花厅	关于乾隆皇帝和满觉陇桂花厅	又名：桂花厅
白塔	关于六和塔和白塔	
三夫人庙	关于康王逃难	又名：三夫人庙的传说
吴山石牛	关于吴山	
土地庙和双吊坟	关于凤凰山上的双吊坟和土地庙	又名：土地公和土地婆
茅家埠	关于茅家埠	
金银二桥	关于西湖小十景之一金银二桥	
飞鹅祠	关于小麦岭下的飞鹅祠	
吴公大殿	关于吴公大殿	
留下十八家	关于留下	
孩儿巷	关于孩儿巷的来历	
学士街	关于苏轼和学士街	
东坡路	关于苏轼和东坡路	又名：东坡路的来历
元宝街	关于胡雪岩和元宝街	又名：元宝街的传说
严官巷	关于严官巷的来历	
焦旗杆营	关于焦旗杆营的来历	又名：焦旗杆

传说名称	内　容	备　注
琵琶街	关于盔头巷、琵琶街的来历	
金钱巷	关于金钱巷的来历	又名：金钱巷的传说
葛仙翁的传说	关于抱朴道院和葛洪	
范仲淹的传说	范仲淹与杭州	
康王逃难到龙井	关于康王逃难	
秦桧看相	关于秦桧	
五云山请宝	关于五云山	
刘伯温破风水	关于刘伯温和小和山	
朱元璋巧惩恶财主	关于朱元璋	
于谦墓地的传说	关于于谦	
张煌言书正气歌	关于明朝将领张煌言	
乾隆皇帝拜财神	关于乾隆皇帝	
找天下第一	关于乾隆皇帝	
济公古井遇表妹	关于济公	
董皓葬父	关于董皓	
董皓飞笔点"豪"头	关于董皓	
清顶泉水	关于清顶泉水的来历	
鲁班与泰山	关于鲁班	
康有为的传说	关于康有为	
五仙石的传说	关于济公和五仙石	

传说名称	内　容	备　注
观自在菩萨	关于上天竺观自在菩萨的来历	
六和塔	关于张天师和六和塔	
三潭石塔的来历	关于苏东坡和三潭印月	
三潭印月	关于金牛和三潭印月	
大井巷的传说	关于黑鱼精和大井巷	
梵村的来历	关于莲池法师和梵村	
江南第一家	关于乾隆皇帝和"江南第一家"	又名：哑巴弄的传说、天下第一家
鱼头畈与鱼头池	关于勤劳致富	
铜志山	关于周浦灵山的铜志山	
金牛山	关于金牛山名称的由来	
金牛洞	关于金牛洞名称的由来	
公馆的来历	关于公馆地名的来历	
桑园救子	关于子女教育	
三媳妇破风水	关于家庭关系	
社井的传说	关于社井村的来历	
上泗第一姓	关于村庄和姓氏	
狮子山的传说	关于转塘狮子山	
石龙山	关于上泗的石龙山	
石龙山的传说	关于石龙山	
石龙山和蜈蚣山	关于灵山边的石龙山和蜈蚣山	

传说名称	内　　容	备　注
望江山的传说	关于上泗转塘的望江山	
古寺庵	关于浮山脚下的古寺庵	
凌家桥有面大金锣	关于转塘凌家桥的自然山水	
狮子口的传说	关于转塘的狮子口村	
大诸桥的传说	关于转塘的大诸桥	
上泗的来历	关于上泗的来历	
钱塘沙的传说	关于袁浦、周浦、转塘一带	
铜盘岛上的传说	关于铜盘岛（珊瑚沙）	
双井	关于恩怨相报	
永兴寺	关于乾隆皇帝和永兴寺	
半爿山	关于留下的半爿山	
珍珠衫与金匾	关于乾隆皇帝	
乌龙盘井	关于命运和收成	
智除恶僧	关于除暴安良	
沈家桥的传说	关于秦桧	
三宝的传说	关于武林门外三宝村	
渡驾桥	关于祥符镇的渡驾桥	
陈家花园	关于丁传说中的陈家花园	
宝石臼的故事	关于发财	
古板桥的传说	关于古板桥	
史状元	关于恩怨相报	

传说名称	内 容	备 注
龙井十八棵御茶	关于乾隆皇帝和龙井茶树	
虎跑水	关于乾隆皇帝和龙井茶	
杭州竹篮	关于乾隆皇帝和杭州竹篮	
杭州尖口鞋帮	关于边福茂鞋庄	
鸡丝蘑菇面	关于乾隆皇帝和鸡丝蘑菇面	
半焦鱼与无尾螺	关于乾隆皇帝和永兴寺	
西山石灰	关于石灰	
嫁女不嫁地	关于俗语"嫁女不嫁地，嫁女若嫁地，风水被夺去"	
九子十三孙，独自上孤坟	关于俗语	
酱瓣草与太阳神	关于动植物传说	
地上长草的传说	关于动植物传说	
藤缠树	关于动植物传说	
猫与狗结冤家	关于动植物传说	
凤凰屎画画	关于唐伯虎和凤凰屎	
石虾治眼病	关于石虾治眼病的传说	
两兄弟管冬瓜	关于因果报应的传说	
一只挂铜铃的猫	关于猫和老鼠的传说	
砒霜当药医	关于因果报应	
米谷铺地	关于因果报应	

传说名称	内　容	备　注
小和尚与阿文姑娘	关于恋爱	
渔姑	关于生死彻悟	
强盗王与蚂蚁	关于因果报应	
义兄弟得银钱	关于因果报应	
讨饭钵头捧勿牢	关于因果报应	
贪心葬身	关于贪心	
人心与狗心	关于"人是狗心，狗是泥心"的传说	
木鱼与木铎	关于木鱼与木铎的由来	
老和尚治蚯蚓	关于蚯蚓	
火烧城隍庙	关于八哥的传说	
牛粪画的故事	关于牛粪画的作用	
贪财的岳父	关于贪心	
唐伯虎造圆桌	关于圆桌的由来	
员外选女婿	关于婚嫁	
扁担仙	关于有问必答的扁担仙	
银香	关于爱情婚姻	
智破莲花池	关于莲花池中的大蛇	又名：花寺的传说、安置斗蛇精、白莲花寺的传说
考媳妇	关于家庭关系	

传说名称	内　容	备　注
智夺水源	关于除暴安良	
何干必巧施退兵计	关于村庄之间的争斗	
"偷"鹅施教	关于因材施教	
选儿继业	关于育儿	
泥水匠与东家	关于吹牛	
吃白食	关于吃白食的浪荡子	
扯罗裙	关于家庭关系	
三个女婿	关于婚姻家庭	
老虎怕漏	关于老虎怕蓑衣的传说	
戆头女婿	关于家庭关系	
四子学艺	关于家庭关系	
彭祖斗阎王	关于彭祖	
孔子的故事	关于孔子	
朱元璋小时候的传说	关于朱元璋	
乾隆与凤凰蛋	关于乾隆皇帝	
李太白作诗	关于李白	
于谦的故事	关于于谦	
陈阁老得子失子	关于乾隆皇帝的出身	
年羹尧的故事	关于年羹尧	

传说名称	内　容	备　注
华佗先生	关于华佗	
吕纯阳卖药	关于吕洞宾	
白蛇前传	关于白蛇传传说	
许仙的传说	关于许仙	
小夏衍钓鱼	关于夏衍	
夏衍奔丧	关于夏衍	
谭将军与飞来石	关于太平军	
长毛打"狗"	关于太平军除暴安良	
翘胡子讨饶	关于罢工斗争	
钱江潮的故事	关于钱江潮	
望海楼	关于望海楼的来历	
法师借地	关于外海塘的来历	
华家池和景芳亭	关于华家池和景芳亭的来历	
三廊庙	关于康王逃难	
两座乌龙庙	关于岳飞手下的将领乌蛮	
麦赈庙	关于解粮官献身救济百姓的传说	
小城隍庙	关于城隍菩萨泄天机救百姓的传说	
白云庵的来历	关于白云庵	
汪王祠	关于因果报应及汪王祠的来历	又名：躲债亭的变迁、躲债发财

传说名称	内　容	备　注
南星桥的来历	关于星宿下凡造桥	
永福桥的来历	关于乾隆皇帝和御道村、永福桥的来历	
丁公桥	关于丁公桥的来历	
吉庆桥	关于吉庆桥的来历	
进龙桥	关于进龙桥的来历	
石板桥的传说	关于蛤蟆精和始板桥	
骂人桥	关于骂人桥的来历	
白塔的传说	关于白塔	
双吊坟	关于双吊坟的来历	
甜水姑娘	关于甘水巷的由来	
严衙弄	关于严衙弄的来历	
乌龙巷	关于乌龙巷的来历	
宋城遗址	关于宋高宗显灵	
夜里吊水不点灯	关于夜里吊水不点灯的来历	
宓老板发迹	关于因果报应	
义源的故事	关于义源钱庄的传说	
人心不足蛇吞象	关于俗语"人心不足蛇吞象"	
人为财死，鸟为食亡	关于俗语	
良田千顷，不如薄技在身	关于俗语	

传说名称	内　容	备　注
若要发，沿江踏	关于俗语	
狮子舞的来历	关于风俗	
老虎报恩	关于动物报恩	
凤凰献宝	关于凤凰送盐的传说	
凤凰向公鸡借衣	关于动物传说	
猫的来历	关于动物传说	
猫鼠仇	关于十二生肖	
狗进十二生肖	关于十二生肖	
弥勒和韦陀	关于弥勒和韦陀位置的调换	
灶司为啥无老婆	关于灶司菩萨和药王菩萨的恩怨	
土地婆婆上当	关于土地婆婆	
城隍庙调向	关于城隍庙坐北朝南的原因	
关帝和周仓	关于关帝和周仓	
阎罗王请医生	关于阎王的传说	
吃素的都在十八层地狱	关于阎王和地狱	
三郎斗龙王	关于三郎庙的由来	
问三不问四	关于与人为善	
三不做	关于地主和长工的传说	

传说名称	内　容	备　注
公平不公平	关于账房先生	
一遭和一刀	关于圣旨口和讨饭命	
聪明媳妇	关于家庭关系	
半缸米	关于家庭关系	
火烧袈裟	关于民谚"前世有缘，莲子桂圆；前世冤家，火烧袈裟"	
比先生	关于教书先生	
巧惩无赖	关于敲竹杠	
徐文长抬粪	关于徐文长智惩小光棍	
聪明的小鞋匠	关于小鞋匠的传说	
六斤四两的来历	关于"头重六斤四两"的来历	
杀人不用刀	关于俗语"读书读得高，杀人不用刀"	
四得时	关于绍兴秀才智答四得时	
丁兰刻木	关于孝道和丁桥的来历	
蛇跌鳖	关于兄弟情和毒蛇变鳖的传说	
儿子不养老子	关于家庭关系和孝道	又名：儿子不如石子
养媳妇穿棉袄	关于婆媳关系	
吃萝卜的故事	关于家庭关系	
眼见是假	关于俗语"眼见是真"	
调错新娘子	关于婚嫁的传说	
误听小孩一言，断送人命四条	关于家庭关系	

传说名称	内　容	备　注
有福得宝，无福不得宝	关于俗语"有福得宝，无福不得宝"	
晒画	关于宝画和婆媳关系	
"囍"字的来历	关于"囍"字	
五大天地	关于惩治贪官	
三个懒汉	关于懒惰	
糊涂虫	关于死读书的秀才	
珍珠泉与珠儿潭	关于玉泉的珍珠泉、湖墅的珠儿潭以及龙井茶的传说	
三宝地的传说	关于余杭塘的三件宝贝及三宝萝卜的来历	
红石板	关于贪财	
香积寺和香积寺巷	关于小康王和香积寺的来历	
大关	关于大关的来历	
拱宸桥、塘栖糕	关于拱宸桥和塘栖桥	
铁蛇铁蜈蚣的传说	关于龙井和狮峰的来历	
紫竹亭和玉兔路	关于大关桥下玉兔路的传说	
接待寺铜钟	关于湖墅接待寺的铜钟	
马塍庙	关于小康王逃难及马塍庙、半道红、红石板的来历	
茶亭庙	关于小康王逃难及茶亭庙的传说	
紫荆树	关于紫荆树象征和谐的传说	
湖墅姚德门	关于姚德元和姚德门的由来	

传说名称	内 容	备 注
蛤蟆变石头	关于宝石山的蛤蟆精	
宝镜	关于西湖由来的传说	
吃水不忘挖井人	关于风水先生和大井巷的传说	
乾隆为民除恶	关于乾隆皇帝	又名：乾隆除暴
席草的传说	关于乾隆皇帝	
皇帝饿肚皮	关于乾隆皇帝	
岳王爷白堤显圣	关于少林武僧月空和法然	
刘伯温的传说	关于刘伯温	
包公审石头	关于包公的传说	
关公收周仓	关于关公和周仓	
七星坐看峨眉月	关于唐伯虎	
"太阳画"晒谷	关于唐伯虎	
徐文长的故事	关于徐文长	
徐文长做三句半	关于徐文长和三句半诗的由来	
杭州佛地	关于金圣叹	
孙传芳连中三元	关于孙传芳	
孙中山劝放足	关于孙中山	
大力士击败日本浪人	关于拱宸桥边的中日对抗	
张大仙传奇	关于拱宸桥边的张大仙	
雪岩借银得善报	关于胡庆余堂	
胡庆余堂的招牌	关于胡庆余堂的账房先生	

传说名称	内 容	备 注
百日露水鸡，千日脑壳水	关于名医朱丹溪	
神仙难破运头人	关于名医朱丹溪	
乾隆巧遇张小泉	关于乾隆皇帝和张小泉	
孙氏告状	关于张小泉剪刀第四代张利川妻子孙氏状告侵权的传说	
为啥叫"洞房"	关于洞房的来历	
和尚为什么不吃葱和蒜	关于肉包子长出葱和蒜的传说	
如来佛上孔夫子的当	关于如来佛与孔夫子的较量	
叫哥鸟	关于兄弟之情	
恩虫与臭虫	关于康王和虫子	
错封苦楝树	关于康王封树	又名：小康王错封楝树
董家山桃子与洞霄宫泉水	关于康王逃难	
月桂人	关于仙女和凡人的传说	
灶司菩萨	关于灶司菩萨发明盐的传说	
泾河老龙	关于庙顶有龙的来历	
两个菩萨比本事	关于菩萨	
杀猪徒做皇帝	关于前生后世	
仙罐	关于贪心	
酒井	关于贪心	
皇帝点菜	关于特色菜肴	

传说名称	内 容	备 注
府台大人审案	关于刑狱诉讼	
笋斑蛇和偷笋贼	关于因果报应	
寒天吃冷水，点点在心头	关于因果报应	
粉圈断案	关于刑狱诉讼	
筷子功夫	关于拜师学艺	
宠子认父	关于育儿	
贪心石榴烂	关于贪心	
黄狗救主人	关于动物护主	
一钱逼煞英雄汉	关于贪心	
钱江摆渡船	关于俗语	
三个好朋友	关于鸡、鸭、鹅恩怨	
龙哥哥，角还我	关于龙鸡恩怨	
黄牛耕田	关于黄牛耕田的由来	
扪鱼佬和湖死鬼	关于鬼怪	
人心不足蛇吞象	关于贪心	
贪心吃冤枉	关于能听鸟语的公冶长	
一条歪七旋八的黄瓜	关于勤劳致富	
我要做白额猫	关于懒汉	
讲官话	关于弄巧成拙	
丈人考女婿	关于家庭关系	

传说名称	内　容	备　注
穷秀才编诗	关于编诗	
糊涂县太爷	关于刑狱诉讼	
呆子娶亲	关于弄拙成巧	
勾践蒸谷灭吴	关于吴越之争	
崇祯测字	关于崇祯皇帝	
"恕不迎送"	关于乾隆皇帝和评弹艺人马如飞	
桃花河、桃花弄	关于乾隆皇帝下江南	
御史造钱塘	关于钱塘江名称的来历	
谢石测字	关于测字先生	
海瑞卖鞋	关于海瑞	
甘露十二为丞相	关于皇帝金口	
张敞画眉	关于姻缘	
祝枝山醉写春联	关于祝枝山	
祝枝山题扇	关于祝枝山	
徐文长孤山吟雪诗	关于徐文长	
章太炎反袁吃"元宵"	关于章太炎和袁世凯	
叶天士拜师	关于叶天士和邵兰荪	
六文钱的一张借据	关于胡雪岩办义渡的缘由	
紫阳山石门的传说	关于紫阳山石门	
没娘池	关于家庭伦理	

传说名称	内 容	备 注
福严寺的传说	关于麻皮鼓和道济补钟	
双吊娘娘	关于双吊娘娘庙	
万安桥	关于万安桥的来历	
柴垛桥的传说	关于因果报应	
化仙桥	关于烟化成仙	
义丐除蛇	关于琵琶街	
高银巷的传说	关于高银巷	
砚瓦弄的来历	关于燕华两家争地的传说	
十五奎巷的传说	关于石乌龟的传说	
苏州碗钿街	关于骆小五的传说	
金铲银锅	关于胡庆余堂	
真不二价	关于胡庆余堂	
宓大昌的传说	关于宓大昌烟店	
皇饭儿	关于乾隆和皇饭儿	
王老娘木梳店的来历	关于乾隆和王老娘木梳店	
当归	关于当归的来历	
蕲蛇毒酒	关于蕲蛇制酒治麻风病的由来	
土地公公过年	戏谑神仙	
人鬼对课	关于对对子	
吟诗断案	关于包公断案	

传说名称	内　　容	备　注
田螺姑娘	关于婚姻嫁娶	
刘半仙拆字	关于拆字先生	
黄道士装神	关于装神弄鬼	
捉蟹治荒	关于吃螃蟹的传说	
移尸济贫	关于徐文长劫富济贫	
弄巧成拙	关于画蛇添足	
祝寿吟诗	关于婚姻家庭	
秀才送礼	关于秀才与县官	
巧改对联	关于改对联讽刺刻薄进士	
亲生伢儿不如猫儿	关于家庭关系和孝道	
义犬	关于狗的忠心	
济公戏农夫	关于济公	
如此下场	关于作讽刺诗的秀才	
跑黄褂儿	关于俗语"跑黄褂儿"	
"刨黄瓜儿"的来历	关于俗语"刨黄瓜儿"	
螺蛳壳里做道场	关于俗语"螺蛳壳里做道场"	
路遥知马力，日久见人心	关于俗语	
天要下雨，娘要嫁人	关于俗语	

参考书目

1. 陈相强主编《西湖之谜》，杭州出版社，2006年版。

2. 陈野著《西湖绘画》，杭州出版社，2008年版。

3. 储建国、王吉著《纸币西湖》，杭州出版社，2008年版。

4. 程启坤主编《西湖龙井茶》，上海文化出版社，2008年版。

5. 何平主编《白蛇传传说》，浙江摄影出版社，2008年版。

6. 徐吉军著《西湖之堤》，杭州出版社，2008年版。

7. 余云安、许周沕编著《济公传说》，浙江摄影出版社，2009年版。

8. 叶光庭著《西湖史话》，杭州出版社，2006年版。

9. 应志良、赵小珍、应丹著《西湖戏曲》，杭州出版社，2006年版。

10. 袁宣萍著《西湖织锦》，杭州出版社，2005年版。

11. 杭州市张小泉集团有限公司编著《张小泉剪刀锻制技艺》，
    浙江摄影出版社，2009年版。

12. 傅惜华著《白蛇传集》，中国古典文学出版社，1957年版。

13. 钱南扬等著《名家谈梁山伯与祝英台》，文化艺术出版社，
    2006年版。

14. 马时雍主编《杭州的城市雕塑》，杭州出版社，2008年版。

15. 严友祥主编《爱情圣地：梁祝文化园十年纪实》，宁波出版社，2008年版。

16. 宋涛、马永祥、陈进编著《西湖书法》，杭州出版社，2008年版。

17. 邵群著《万松书缘》，杭州出版社，2008年版。

18. 陈建一主编《杭剧研究》，上海文艺出版社，2006年版。

19. 金国强主编《余杭纸伞制作技艺》，西泠印社出版社，2008年版。

20. 李虹主编《西湖老照片》，杭州出版社，2005年版。

21. 赵晴主编《西湖美景》，杭州出版社，2004年版。

22. 钟敬文主编《民间文学概论》，上海文艺出版社，1980年版。

23. 钟敬文著《钟敬文民间文学论集（下）》，上海文艺出版社，1985年版。

24. 田兆光等主编《民间文学概论》，华东师范大学出版社，2009年版。

25. 张松编《城市文化遗产保护国际宪章与国内法规选编》，同济大学出版社，2007年版。

26. 杭州市文化局编《西湖民间故事》，浙江人民出版社，1978年版。

27. 杭州市文化局编《西湖民间故事》（增订本），浙江人民出版社，1979年第二版。

28.《西湖民间故事》（英文版），三联书店香港分社，1980年版。

29. 杭州市文化局编《杭州的传说》，上海文艺出版社，1980年版。

30. 晨钟、晓冬编选《西湖传说》，浙江摄影出版社，1992年版。

31. 杭州市民间文艺家协会编《三江两湖传说集》，浙江人民出版社，1988年版。

32. 应志良主编《中国民间文学集成·浙江省杭州市西湖区卷》（内部资料），浙江省民间文学集成办公室，1989年版。

33. 吕春生主编《中国民间文学集成·浙江省杭州市上城区卷》（内部资料），浙江省民间文学集成办公室，1989年版。

34. 姚汉莹主编《中国民间文学集成·浙江省杭州市下城区卷》（内部资料），浙江省民间文学集成办公室，1989年版。

35. 谭克德主编《中国民间文学集成·浙江省杭州市江干区卷》（内部资料），浙江省民间文学集成办公室，1989年版。

36. 陆宜主编《中国民间文学集成·浙江省杭州市拱墅区卷》（内部资料），浙江省民间文学集成办公室，1988年版。

37. 董校昌主编《杭州市故事卷》，中国民间文艺出版社，1989年版。

38. 中国民间文学集成全国编辑委员会、《中国民间故事集成·浙江卷》编辑委员会编《中国民间故事集成·浙江卷》，中国ISBN中心，1997年版。

39. 冷文、引炜编著《读着故事游西湖》，华宝斋书社，2004年版。

40. 童萃斌选编《神话西湖》，杭州出版社，2000年版。

41. 蒋水荣编《大杭州名胜古迹民间故事集》，浙江摄影出版社，2002年版。

42. 董校昌主编《苏东坡在杭州的传说》，百花文艺出版社，1994年版。

43. 临安县文学艺术界联合会、杭州大学民俗文化研究中心编《钱王传说》，成都科技大学出版社，1995年版。

44. 吕洪年主编《吴大帝传说》，广西民族出版社，1995年版。

45. 陈玮君著《济公外传》，浙江文艺出版社，1987年版。

46. 顾希佳编写《西湖闲话》，浙江摄影出版社，2003年版。

47. 莫高编写《西湖夜谭》，浙江摄影出版社，2003年版。

48. 莫高编著《西湖趣话》，浙江摄影出版社，2002年版。

后 记

　　杭州图书馆是国家级非物质文化遗产浙江省项目西湖传说的责任单位。作为杭州图书馆的工作人员，我们有幸接受了《西湖传说》的编撰任务。编撰的过程，是我们不断熟悉西湖传说、深化认识西湖传说的过程。这个过程也让我们更多地意识到了身上的责任。

　　编撰《西湖传说》是实践西湖传说保护计划的一个重要开端。以此为契机，我们正在保护、传承、推广等方面全方位地开展工作。我们相信，有社会各界的重视，有相关部门的领导，有民间力量的支持，加之我们的努力，西湖传说项目一定能得到很好的保护、传承，发扬光大。

借此机会，我们衷心感谢社会各界曾经帮助过我们的人们，特别是在编撰过程中引用了大量图片和资料，由于种种原因，无法一一注明出处和作者姓名，在此深表谢意，并敬请谅解。

由于我们水平所限，加之所能获得的文献资料也未必全面、准确，所以，书中不当之处在所难免，敬请各界专家、民间传说爱好者和广大读者不吝指教。

作者

责任编辑：唐念慈

装帧设计：任惠安

责任校对：朱晓波

责任印制：朱圣学

装帧顾问：张　望

图书在版编目（ＣＩＰ）数据

西湖传说 / 吴一舟，陶琳，沈少英编著. —杭州：浙江摄影出版社，2012.5（2023.1重印）

（浙江省非物质文化遗产代表作丛书 / 杨建新主编）

ISBN 978－7－5514－0045－9

Ⅰ. ①西… Ⅱ. ①吴… ②陶… ③沈…Ⅲ. ①民间故事—作品集—杭州市 Ⅳ. ①I277.3

中国版本图书馆CIP数据核字（2011）第269840号

西湖传说

吴一舟　陶　琳　沈少英　编著

全国百佳图书出版单位

浙江摄影出版社出版发行

地址：杭州市体育场路347号

邮编：310006

网址：www.photo.zjcb.com

经销：全国新华书店

制版：浙江新华图文制作有限公司

印刷：廊坊市印艺阁数字科技有限公司

开本：960mm×1270mm　1/32

印张：6.75

2012年5月第1版　　2023年1月第2次印刷

ISBN 978－7－5514－0045－9

定价：54.00元